二見文庫

義父と嫁…

小玉二三

目次

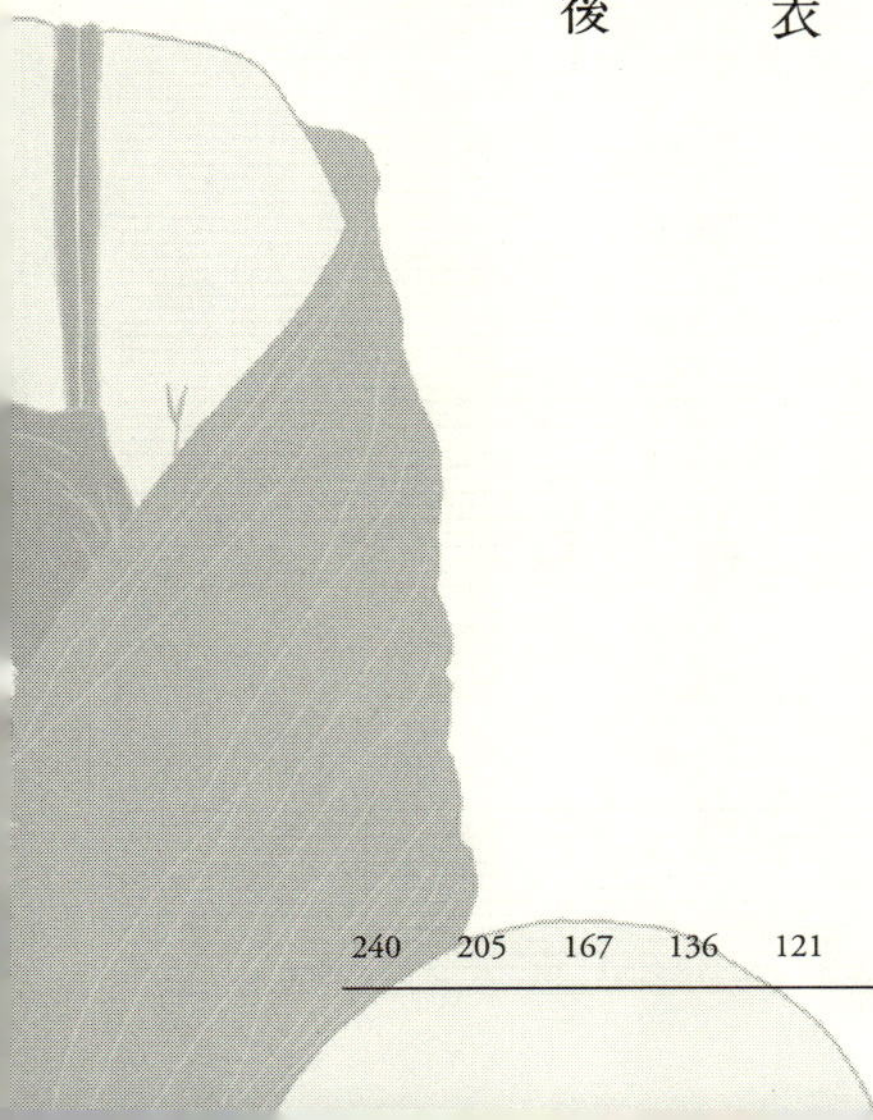

義父と嫁…

第一章　シャツの匂い

郁美《いくみ》は興味を引かれて、洗面器を覗き込む。

自分の顔が水に映っている。それに気づいて、屋造元彦《やづくりもとひこ》が顔を上げた。

「染めているんですか」

郁美は慌てて声を掛けた。

「ばれちゃったね。僕も六十近いから、しかたないけれど――」

元彦が笑顔になって自分の髪を摘む。なんとなく、恥ずかしそうだ。

「本当は真っ白なんだよ」

郁美は自然と微笑みながら、

「もうすぐお爺ちゃんになるんですものね」

元彦は困ったように笑う。

郁美は、彼にそんな表情をさせたことが嬉しかった。今まで以上に、元彦に親しみと好意を覚える。

「男の子でも、女の子でも、きっと可愛いでしょうね」

「だろうね。郁美さんにも、ぜひ産んで欲しいものだ……」

元彦は、郁美にとって義理の父親だった。

郁美が耀司《ようじ》のパートナーとして、耀司の実家で暮らすようになって、三カ月が経っている。

耀司の姉、希実子《きみこ》は、現在、結婚して奈良に住み、初産を二カ月後に控えた体だった。耀司の母は、希実子の世話を焼こうと、数日前から家を留守にしている。

「私は、まだ赤ちゃんは早いわ」

答えながら、郁美は頬が染まるのを感じた。

「そうかな？　三十二歳なら、そろそろ一人ぐらい——」

義父が慌てたように言葉を切った。自分に配慮してくれたのだとすぐに察して、郁美は申し訳なさとありがたさを感じる。

「私は何でも急がないたちなんです」

冗談混じりに、笑いに紛らわした。

屋造元彦には、希実子と耀司の一女一男がいる。

希実子は短大を出て会社勤めをし、同僚と恋愛結婚をした。

一方の耀司は、大学は中退する、結婚したとたんに仕事は辞める、そのまま再就職もせず、アルバイトをして働いても長くは続かない。最終的には郁美の世話になって暮らしていたが、郁美の仕事が思うようにならず、とうとう困り果てて、郁美を連れて長いこと寄りつきもしなかった実家を頼って舞い戻った。そんな出来の悪い息子の典型的な人生を送っている。

郁美と耀司とは大学時代に知り合った。同じグラフィックデザイン学科で勉強していたのだった。

耀司は途中で学業を投げ出し、郁美はそのまま卒業。デザイン事務所に勤めていたが、数年前に会社が倒産した。以来、フリーランスのイラストレーターとして雑誌やパンフレット、広告チラシのカットなど描いて細々と生計を立ててきた。

一人なら、それでなんとかやっていけた。しかし、耀司との夫婦二人分の生活をまかなうことになると、もう郁美の細腕では生活が追いつかなくなってしまった。

それでも青い顔をして徹夜で机に向かう郁美を見て、さすがに耀司も心を入れ替えたが、三十の彼に、なかなか仕事は見付からない。

結局、耀司は、実家の高い敷居を跨いだ。

今、義父が慌てて子供の話題を断ち切ったのも、郁美たちが望んで子供を作らないのではなく、息子の不甲斐なさのせいで安定した家庭も築けないでいる事実を思いだしたからだろう。


「おっと、そろそろ染め粉を洗い流さないといけない……」

義父が洗面器の上に身を屈めた。

「お手伝いしましょうか」

郁美はとっさに彼のうなじに触れていた。指先に、耀司にはない皮膚の柔らかさを感じて、あっ……と、すぐに後悔する。出すぎたことをしたと、恥ずかしくなった。

しかし、今手を離しても、それもまた自分のためらいを知られるようだ。結局、素知らぬ振りをした。

来年は六十という元彦の、歳相応に張りを失った首筋の皮膚は、触れていて驚くほど柔らかい。

「染料が、襟足に流れてしまっているわ」

水の音が弾けた。

洗面器の水をすくうと、それを義父のうなじに掛けてやる。それを繰り返す。

義父は、肩を強張らせていたが、何も言わず、じっとしている。

郁美は、無言でいることに、息苦しさを覚えて、

「お義父さまなら、白髪でもきっと素敵ですよ」

つい、軽い調子で言った。

「おせじでも嬉しいね」

義父は身を屈めたまま詰まった声で短く笑うと、

「酷なことを言って悪かったね」

郁美は手を止めた。

「えっ」

義父の口調が変わったことに、少なからず緊張した。

「いや、なに……。子供のことさ」

身を起こした義父にタオルを手渡す。

「いいえ……。別に」

郁美は微笑を返した。

郁美は、耀司から元彦のことをよく聞かされていた。

やる気はあるのに、何かを始めようとすると、ひどく緊張して、自分で自分に必要以上の重圧をかけてしまう。それに押し潰されて、何もかも続いたためしがない。こんな自分に、一番苦しんでいるのは自分だ。こういう心の癖は、幼い頃に、父親に期待をかけられて育ったからだ——と、耀司はよく言っている。

「そのくせ、可愛がって遊んでくれたことなんて一度もないのさ。仕事ばかりで家にはいない。いればいつもピリピリと青い顔してて……。成績が悪ければ嫌味を言われ、よければ、それが当たり前……。子供は何をやっても報われないんだ」

「働き盛りで、仕事が忙しかったんでしょう。どちらかというと無口な方だし、誰に対しても甘ったるく構うことをしないだけじゃない」

「僕が過剰に思っていると言いたいわけ？」

耀司の口調が尖る。

郁美は苦笑しただけで髪にブラシをかけ続けた。

「いつの間にか肩より長くなっちゃった」

切ろうかしら、と、ひとりごちて手を動かしていると、

「こっちに来てから、変わったね」

棘のある言葉を投げつけられた。

耀司が何を言いたいのかわかっていたので、郁美は苦笑を強める。

「言っていたほど怖くも、嫌な人でもないじゃない」

事実、郁美はそう感じていた。

この家に住み始めて一週間が過ぎた頃、義父が頻々《ひんぴん》とケーキや和菓子を買って帰ってきた。よほどの甘党だと思っていると、こんなことは初めてだと知った。

枇杷《びわ》が好きだと、ふと郁美が漏らすと、季節もちょうど頃合いだったこともあって、翌日から枇杷が食卓にのるようになる。

義父の気遣いは、不甲斐ない息子を詫びる気持ちだろうか……。

そんなことを考えながら、せっせと枇杷を口に運んでいると、その日はいつもより遅く帰宅した義父が、またもや半透明のビニール袋を持って食卓にやってくる。

「食事、もうすませちゃったんだね」

彼の持つ袋の中からは、鮮やかな枇杷の色が透けて見える。

義父の人のよい融通のきかなさに、郁美は濃い茶色の大きな種を口に入れたまま笑

ってしまったものだ。

他にもある。最近ではさすがにしないが、この家に来て初めの一カ月ほど、朝食の席に着いた郁美に、義父は「はい」と、決まって佃煮や漬物の小鉢を手渡してくれた。耀司は朝は食べない。いきなり舅《しゅうと》、姑《しゅうとめ》らと朝食を摂ることになった郁美への気遣いだ。確かに郁美の遠慮や緊張はだいぶ和らいだが、小さい子供を相手にしているような義父の言動は微笑ましかった。

「優しいお義父さまだと思うけれど……」

素直に真っ直ぐ伸びた髪を梳かし終わると、郁美は鏡に顔を近づける。

頬が淡くピンク色だ。血色がいいのだろう。子供みたいで嫌なのだが、

——健康そうでいいじゃないか。可愛らしくて。

義父の声が蘇った。彼はそう言って笑っていた。一昨日か、それとも先週のことだったか……。

言われて、頬をさらに濃く染めたが、今も声を思い出すだけで顔が火照る。

「どこに行くの」

郁美はブラシの手を止めた。

二人とも、もう寝るばかりとなっていたのに、耀司は突然服を着替えだしている。

「ちょっと……。気分転換しに。呑んでくるかもしれない」

二人で共有している財布をつかみ、彼は出ていった。この家に来てから、家賃も光熱費もかからないので、郁美は今までより多くのお金を、共有の財布に入れることができた。

耀司の出歩く頻度も、それに合わせて高くなっていた。

○

裏の家で機織《はたお》りの音が聞こえていた。

「耀司さんは、私がお義父さまのことをよく言うのが、気にくわないみたい」

「なんだ、郁美さんは、私の悪口は言わないのか」

義父は笑い、自分は子育てには失敗したと思っていると、呟いた。

「とんだ厄介者を、郁美さんに押しつけてしまっているね」

「そんな……」

確かに、この一、二年、仕事もしない耀司と共に生活を営んでいくことに、郁美は少々倦怠感を覚えていた。

「そこの裏の古いお宅、『草木染め、機織り教室』って、木の看板が出ていますよね。

私、やろうかしら」

義父は郁美の話題を無視して言う。

「実家のお母さんにも合わす顔がない……」

郁美の実家は北陸で、酒屋を営んでいる。実の父は顔も覚えていないほど幼い頃に亡くなり、母は未亡人となって数年後に婿を取った。その義父も、郁美が高校生の時に亡くなった。今は、兄夫婦が酒屋を切り盛りしている。

「母は何も気にしてません」

「すまないね。郁美さんだって、たまには実家に顔を出したいだろう」

郁美は笑いながら、いいえ、と、首を振った。

○

実家に戻ってからの耀司は、両親との接触を避けるように、一人部屋にこもりがちになり、夜になると、ふらりと出かけることが多くなった。

「行かないと言ってますけれど……」

郁美は、食卓に座って待っていた義父に告げた。

「なら二人で行こう」

予想していた返事を聞いたというように、義父は即答する。

「……はい」

三人よりは、二人の方が、なんとなく今の郁美は嬉しかった。

今日、義父はいつもより早く帰宅した。

夕食の仕度をしに慌てて台所に入った郁美に、義父が言った。

「もう何か用意があるのかな」

覗き込まれて郁美は笑った。

「いいえ。今晩は冷や奴に茄子を素揚げにしようと思って……。だからまだ、何も」

「郁美さんは仕事もしているのに、家事まで押しつけちゃ悪い。たまには御馳走してあげないとね」

耀司を誘ってきなさいと郁美に言いつけて、義父は着替えをせずに食卓に座り、自らほうじ茶を煎れて飲みだした。

しかし日頃の言動を思えば、耀司が父親と食事に行くなどあり得ない話だと最初から解っていた。

郁美を助手席に座らせると、義父がハンドルを握った。

郊外にある、和食の店だった。郁美はトンカツを頼んだ。旺盛な食欲を、義父は誉めた。

「高校生みたいに、なんだかお腹がすいて」

郁美は、久しぶりの外食が楽しくなってきた。

義父は郁美と面と向かうと、少々緊張しているようで、ぎこちない。家の食卓では、二人は斜向かいに座っている。

郁美は、せわしなくあちこちへ流れる義父の視線を感じた。

「お酒が飲めないと、物足りなさそう」

笑って言うと、苦笑を返される。

「そんなこともないさ……」

考えてみると、外で二人きりになるのは、これが初めてだった。

ふいに、郁美は男性といることを意識した。自分も、義父と二人でこういう場にいることに、緊張していないでもなかった。

「それにしても、困ったものだ。アレは、何を考えている？　何か生活に目的でもあるのかね」

義父は、改まった調子で息子の話題を口にした。というよりも、他に話題がなさそうだった。

「いえ……。もちろん本人もなんとかしようとしているようですけれど……」

郁美も実家に戻ってきてから、耀司の考えがつかめなくなっていた。

自分が耀司とでなく、義父と馴染んでいると、郁美は気づいていた。

「ごめんなさい」

郁美は箸を止めた。

「何を謝るの」

今の耀司の状態は、自分にも責任があるようだと、郁美は気持ちを告げた。

「私が甘やかしているから、耀司さんはいつまでも本気で働く意欲を見せないのかもしれない……。もっと厳しく——」

「いいんだよ、郁美さんは充分にやってくれている」

耀司の不甲斐なさを口にすると、義父自身も責められているように感じるらしい。

それに気づいて、郁美は口をつぐんだ。

しばらく沈黙して食事を続けた。

「いつまでも耀司があのていたらくなら、郁美さんも、いい加減に見限っちゃいなさい」

「はい、私も、あなたがいつまでもそんなだと、他にいい人がいたら、その人を選び直すからって、そう耀司さんに言っています」

義父の調子に合わせて、冗談混じりに返した。しかし耀司との繋がりがなくなれば、同時に元彦との関わりも失うのだと考えて、郁美はふと、なんともいえない思いに駆られた。

「今のうちに、裏のお宅で機織りでも習って、いずれは私も機織りの先生のようになって、お義父さまの家の近所でお教室を開いたり、何処かの和服の仕立屋さんに買ってもらう生地を織ったりして生活していこうかしら」

なかば本気で言った。

「あぁ、裏の――さんね」

義父は遠くを見る顔つきになる。

「あの婆さんは、今八十そこそこでね……。最初は彼女のお姉さんがあの家に嫁いだんだ。その人が子供一人産んだ後に病気で死んでね。後妻として妹が嫁いできた。それが、今トンカラやってる婆さんでね……」

「そうだったんですか。音だけで、そんな御高齢とは思わなかった。顔を見たことないんですもの」

「今は一人暮らしさ。たまに娘が世話に来るようだが……。後妻に入って子供が二人産まれて……そうしたら今度は御主人が事故で死んでね。まだあの婆さん、三十代前だったかもしれないぞ。それその若さで未亡人さ」

「……まぁ。それで機織りを」

「一時は、ずいぶん歳の離れた男が通ってきた時期があって、近所で評判になったんだ」

「まぁ」

「隣の、大きな柿の木がある家があるだろう。もう死んだけど、そこの婆さんなんか、不真面目だのなんだの、ずいぶん悪く言ってたみたいだ」

「だけど子供三人抱えて、機織りをして、まだ三十そこそこで未亡人で……」

「死んだ御主人の――さんは、財産はずいぶん残してくれたらしいよ」

「そんなことは問題ではないわ。女としては、その若さで、……残酷な人生だと思います。そういう男性がいただけで、なんだか私、勝手だけど安心してしまいました」

郁美は言いすぎたと反省したが、本心だった。

しばし沈黙が訪れた。

二人は静かに食べた。

「お腹がいっぱいになると暑くなってきちゃった、汗が出てきたわ」

会話が途切れると、二人だけの場には緊張が忍び込んでくるようだった。郁美は絶えず言葉を発しようとしてしまう。事実、肌が汗ばんできた。手元のおしぼりを取ると、服から覗く胸元に当てた。

義父は、魚料理に箸をつけかけ、

「おっと、しまったな」

顔を上げた。

「何がです」

「眼鏡を忘れた。老眼鏡だよ。最近、魚を食べるのに、骨が見にくいんだ」

「代わりに、骨を取ってさし上げましょうか」

「いいさ。子供でもあるまいし。そんなことは四、五歳までだろ」

しかし歳を経た男は、なんだか子供みたいだと、目を凝らして魚の骨をつまむ義父を見て、郁美は微笑んだ。

魚の匂いがテーブルのこちらまで漂ってきた。

「歳を取ると、みんなこうだ」

見つめられているのに気づいた義父は、皿を凝視したまま言った。

「私も、そうなるんでしょうね」

「なるよ。どんな美人でも、歳を取れば目も歯も悪くなる」

郁美は笑ったが、ふいに寂しさに捕えられた。

「私、お義父さまよりも、先に死にたいな」

自分で言ってから、驚いた。

義父は不思議そうな顔をした。

「私の父が亡くなったのは、高校の時でしたけれど……ああいう経験は、もう味わいたくなくて」

慌てて説明した。

「うん」

「その父とも、血は繋がってなかったんですよ」

「ほお……それは知らなかった」

「実の父は、私が生まれてすぐに死んでしまって、何も記憶にありません」

今また父親という男が目の前にいる、郁美はふいに嬉しい寂しさを覚えてしまった。

○

「郁美さん……。起きているかい。郁美さん」

ドアが叩かれたのは、夢うつつに聞いていたが、どうしてもはっきり目が覚めなかった。やけに疲れていた。

「郁美さん」

体を揺さぶられて、ようやく目覚めた。

掛布団から出ている肩に、義父の手がかかっている。

「はい」

何が起きたのかと、ようやくのことで驚きが胸を貫く。

不安を噛みしめると、郁美はとっさに身を起こした。

起き上がると同時に、胸元まで引き寄せていた掛布が捲り、布団の内側にこもっていた郁美の汗や熱気が、甘くすえた匂いとなってふっと溢れた。

「電話だ」

「私に、ですか……。今、何時？」

睡眠中に放った自分の肌の匂いを、義父も嗅いだのだろうと察して、郁美は苦しいほど恥ずかしくなる。

「誰かしら」

時刻は十二時を過ぎていた。

郁美はベッドを降りた。耀司は、今夜もいない。

「なんだ、あいつは留守か」

郁美が一人で寝ているとわかっていたら、部屋に入りはしなかった。義父の言葉には、そんな雰囲気があった。

階段を下りてリビングの電話を取る。受話器を耳に当てると、すでに切れていた。

「若い女性の声だったから、郁美さんに用があったのかと思ってね」

「名前は？」

「言わなかった。そちらに耀司さんと郁美さんがいるでしょう——って」

誰かしら、と、ひとりごちた。友人知人は皆、携帯に連絡を入れてきた。今夜の相手には心当たりがなかった。

「用があれば、朝になってまたかけてくるでしょう。それよりお義父さま、起こしてしまって、ごめんなさい」

急いで下に下りてきたので、郁美はパジャマ代わりの、体に貼りつくような白いT

シャツと、柔らかい生地でできたホットパンツというういでたちだった。

Tシャツが乳房を隙間なく被い、形があらわだ。色ずむ乳頭もうっすらと透け、片方の乳首が尖ってしまっているのさえくっきり浮き出ている。

その胸元に、義父の視線が注がれていた。郁美は内心カーッと高ぶりながら、素知らぬ振りをした。

「いや、横になってはいたけれど、目は覚ましてたからね」

義父は一階の奥の和室で寝ている。開いた襖からラジオの音が漏れていた。

「……そうでしたか」

郁美はなんとなく、二階に戻らなかった。慌てて戻ると、今のうろたえぶりを知られるようだった。

義父もまた、そこから動かない。彼の目線の先がどこにあるのか確認しなかったが、郁美はまだ胸元に、それを感じることはできた。

しかし義父のまなざしは、遠くを見るような、優しい目つきだった。郁美は不快ではなかった。

「お義父さま……」

耀司の外泊を義父に知られたのが辛く、また恥ずかしかった。

「なんだい」

「いえ……。お休みなさい」

ようやく郁美が階段を上がりきって、部屋の扉を閉めるまで、義父は同じ場所に立っていたようだ。

○

早めに仕事を切り上げると、郁美は夕刻から台所に立った。揚げ物を作ろうと油を使っていると、いきなり後ろから声をかけられて、驚いた。

「帰っていたんですか。早いですね」

義父は手にいっぱいの茄子と獅子唐《ししとう》を持っている。

「油を火にかけているし、換気扇の音で聞こえなかったんだろう。玄関から姿が見えたから、急いで庭に回って採ってきた。悪いが、ついでにこれも揚げてくれないか」

「はい。あっ……じゃあ、お義父さま、もうひと働きして、ミョウガも採ってきてくださいな。今晩は冷や奴も出しますから」

義父はいそいそと庭に戻っていく。

彼が今年初めて挑戦したという、畳一枚分ほどの家庭菜園は、収穫の時期を迎えていた。店で買っていた食材が庭から収穫できるのは、郁美には楽しかった。義母は、虫が付いているからと、庭の野菜を使いたがらなかった。義父は不服そうだった。

郁美は、なるべく義父の野菜を料理した。義父の慈しみが、自分の体内に積もっていくようなのが、密かに嬉しかった。義父を喜ばせ、労《いたわ》ることになるのも、また歓びだった。

「あら」

気配に振り返り、郁美は声を上げた。

ミョウガを採ってきた義父は、いつまでも台所の入り口から立ち去らないでいた。引き戸を開け放した境に身をもたせかけて、ガス台の前で立ち働く郁美の後ろ姿を見ている。

その表情は穏やかで、微笑さえ浮かべている。

「そんな所で……。ネクタイでも取ればいいのに」

見られていた気恥ずかしさを苦笑に紛らわすと、義父もまた、同じような顔をして、素直にネクタイを外す。

くつろいで広げたワイシャツから、義父の喉仏が覗いている。横皺が幾重にも深く、皮膚はとろけるようにたるんでいる。

一日の仕事を終えた顔は、ひと回り小さくなったようで、目尻に皺が目立った。いたるところ老いの潜んだ顔に、黒々した髪はわざとらしい。

郁美は、白髪を染める義父の必死さが、愛おしく感じられた。迫り来る年齢に抵抗しているのだろうか。せつないと思う。

老いた顔は、見ているだけで安らぐものがあると、義父に教えてあげたかった。

「ビールが冷やしてありますよ。冷や奴、先に出しておきましょうか」

「そうしてくれるとありがたい」

こんな会話を交わすと、郁美は、義父にますます馴染んでいる自分を痛感した。

○

「親父に何か言った？」

ふいに、耀司に訊かれて、「えっ？」と、問い返す。

耀司は、昨夜外泊をしていたことを、父親に咎められていた。

「私は何も言わないけれど……」

さっきリビングの前を通り過ぎた時、「仕事もせずに——郁美さんの働きで遊ぶのは——」と、そんな義父の声が聞こえてきたのを思い出す。

珍しく父と息子の二人で過ごしているかと思えば、何のことはない、耀司は小言を言われていた。

「わざわざ親父が寝室に引き上げたのを確かめてから出かけたんだよ。なのに昨夜僕がいなかったこと、親父は何で知ってるんだよ」

これから入浴しようとしていた郁美は、顔をクリームで拭いていた。

「電話があったの。それで……お義父さまが出て、呼びに来てくれたの」

言葉を選んだ。

自分一人寝ていたところへ義父が来た、という表現は避けた。事実を巧妙にねじ曲げて話してしまった。

耀司に秘密を持ってしまった、と思った。

ふいに郁美は緊張した。

しかし何があったわけでもない。秘密などと、大袈裟じゃないかと思い直す。

「そんな文句を言うけれど、もう子供じゃないのに、あなたがしっかりしないから、お義父さまだってあれこれ言うんじゃない」

初めて、耀司を批判していた。

「誰からの電話だった?」

耀司の気持ちは別の件に向いているようだ。

「さぁ。私が出た時は、切れていたのよ」

「……誰だろう」

「知らないわ」

思わず不機嫌な声を出してしまった。

顔のクリームを拭き取る。なまあたたかい夜の空気に、耀司の使っている整髪料の匂いがきつかった。

「男だったかな、女だったのかな……電話」

「そんなこと、どうでもいいじゃない」

いつまでもこだわる耀司に苛立って、郁美は浴室に駆け込んだ。

耀司の、顎先まで伸びた髪と、無精髭が、見ていて急にかんに障ってしまった。自分でも抑えられなかった。

大学受験を目指していたものの、父親が急死したために、進学を諦めて就職をした。しかし夜間大学に通い、七年かけて卒業した。それでも、その後仕事関係では学閥から外れた存在に見られ、悔しい思いをした。三十半ばで勤め先が倒産して八方塞がりになった。そんな折り、母親が倒れて体が利かなくなったので入院させ、その後最後まで面倒を見た。仕事もなんとか再就職を果たした――

一見、平凡な日常を生きているように見える義父だが、話を聞けば、決して平坦な道のりではない。

義父が、今の耀司の年齢の頃は――と郁美は、つい耀司のこれまでと比較してしまう。改めて耀司が不甲斐なく思えた。

湯船の中で膝を曲げた脚を抱える。

うっと、嗚咽《おえつ》が漏れた。

疲れているのだろうか。優しくしてもらっているが、この三カ月間、嫁とはいえ、知らない家に暮らすようになって、日々緊張していたのは確かだ。

あらゆる感情が幾重にも絡み、収拾がつかなくなってくる。

郁美は声を押し殺して、泣き続けた。

しばらくじっとしていると、義父の使っている量産品のシャンプーの匂いが浴室の中に残っているのに気づいた。

郁美はよけいに涙が出てきた。

ふと、浴室の外に人の気配を感じて、咽を詰める。

「……」

浴室の隣は、脱衣所兼洗面所だ。そこから廊下に出る扉が締まる音が、確かに聞こえた。

音がする前、脱衣所と浴室を繋げる曇り硝子の扉に、影が動いたようにも思えた。

郁美は、さらに強く膝を抱えて、しばらく息を殺していた。

○

翌朝、義父は日帰りの出張だからと、早くに家を出た。

郁美が食堂に行くと、梅雨冷えの空気の中に、トーストと紅茶の匂いが残っていた。

窓を開けると、霧雨が降っていた。

朝食後、手早く洗濯をしてしまうのが習慣だった。

義母が義姉の初産の手伝いで奈良へ行ってしまってから、義父は食事以外の身の回りのこと、特に洗濯は自分ですませていた。

今日は早く家を出たからだろう、洗濯機の横の籠には、汚れたままの義父のものが突っ込まれたままだ。

郁美は自分たちの汚れ物と一緒に、それを洗いはじめる。

手が止まった。

義父がワイシャツの下に着ているランニングシャツをつかんでいた。汗を吸って冷たく、すえた匂いがした。

ランニングシャツと一緒に丸めてあったブリーフからは、はっきりと男性特有の、青葉の蒸れる生々しい匂いが放たれている。

「……」

まさか、と思った。確かめるために、それを広げてみたくなり、すぐにそんな自分の好奇心を恥じた。

まよってから、郁美はそのまま洗濯機の中に義父の汚れ物を入れる。

心臓が、急に鼓動を早めていた。

洗剤を、いつもよりも多く入れた。

ドラムが規則的に回る音を聞きながら、郁美は義父母の夫婦生活に馳せるともなく、思いを馳せた。

義父は一階の奥の和室で寝ていたが、義母は庭の隅に建てた、小さな一間の離れを寝室にしていた。

耀司の祖母が寝たり起きたりの晩年を過ごしていた離れの間だという。

日当たりはいいし、ベッドが置いてあるから楽だという。おとうさんみたいに寒い和室に蒲団を引いて寝るのはもう嫌だ。そう、義母はいつも言っている。

二人して還暦を来年に控えている。だから、そんなものかと思っていた……。でもまだ枯れているわけではないらしい。

義父の下着の汚れがそれを物語っている。

義父の遠慮のなさが、ついうっかりなのか、意図的なのかわからず、郁美はますます頬が熱くなってくる。

前のめりに寄りかかる洗濯機の震動が、下腹部に心地よかった。

◯

何の花だろう、台所の窓を開けておくと、いい香りが庭から流れてくる。

耀司の実家は、古いタイプのダイニングキッチンだ。ステンレスの流しやガス台のある台所に食卓が置いてあり、冷蔵庫も食器棚も同じ空間に押し込められている。

郁美はここで料理をするのが、好きだった。

耀司は最近留守がちだが、義母が不在のせいで、義父の食事を作る必要に迫られている。

郁美には、しかし、それが苦ではない。

義父は、今、向かいの部屋でテレビを見ながら、晩酌を始めたところだ。揚げた茄子に、辛みの利いたたれを絡めて持っていく。

「肴《さかな》にしてください」

座卓の前で、義父は畳に直接座り、膝を抱えていた。

「やぁ、ありがとう」

「辛いですよ」

「好きだよ」

「茄子ばかりが続いて。庭のですよ」

「せっせと食べないとな」

と、義父は楽しそうに笑う。まさに何の悩みもないといった笑顔だ。

「子供みたい」

思わず口から言葉が出た。

「……んっ？　何？」

テレビに集中していた義父は間をおいて訊き返してきた。

郁美は笑って首を振った。

「ご飯の方は、あと少しでできますから」

台所に戻ると、流れてくる香りが何の花か訊くのを忘れてしまったことに気づいた。

夕暮れに、裏の家から、今日もまた機を織る音が聞こえてきた。

○

日曜日だった。フリーランスで仕事をする郁美に曜日は関係ないが、それでも夕方早めに仕事を切り上げた。

「買い物かい。ちょっと乗っていかないか」

玄関で義父と行き合うと、誘われた。

断る理由もないので、郁美は助手席に座る。

郊外にある大型スーパーに向かった。

「夕飯の買い出しをする前に付き合ってくれるかな」

義父はエスカレーターに乗って上階の紳士服のコーナーまで行くと、秋物のカーディガンを選び始めた。

「ちょっと早いんだけれど、再来月に信州に行くんだよ」

「出張ですか」

「いや、なに……。俳句倶楽部の句作旅行だ」

義父は市の俳句サークルのメンバーだった。年に一度、仲間たちと一泊旅行に出かけるのだと、前に聞かされたのを郁美は思い出した。

「どれがいいだろう」

声をかけられて振り向くと、義父が一着を片手に、もう一着を体に当てて立っている。

ブルーと茶。茶は落ち着いて相応に似合うが、ブルーは若々しく見える。郁美は迷った。

「そちらのお色は――」

若い男の従業員が話しかけてきた。

「色に迷うね」

「奥様はどちらがお好きで」

従業員は、郁美を見た。

「……あの」

郁美が返答に困っていると、義父は笑いながら嫁だと教える。

「嫁といっても長男の嫁で。私のではなく」

さらに笑って訂正した。

「お義父さんと仲がよろしいのはけっこうなことですね」

従業員は何も感じていないようだ。あるいは、仕事だからか。義父は嬉しそうに声をたてて笑っている。

郁美はとても恥ずかしかった。不快感は感じないが、いたたまれなかった。

結局、義父は郁美の勧めたブルーを購入した。

「洋服のデザインや色なんて、よくわからなくてね。何もかまわないたちだから」

地階の食料品コーナーで買い物をしている間、郁美に代わってカートを押しながら、義父は言い訳めいて笑った。

○

耀司の実家で暮らしていくうちに、近隣の住人から、郁美は「屋造さんの家のお嫁さん」としてきちんと認識されるようになった。

町内には年輩者の方が多い。若い人たちは、多くが都心に出て暮らしているという。郁美はそんなふうに周囲の年長者から優しくされるのが好きだった。

年寄りっ子と、昔から言われていた。歳の離れた兄がいて、女の子の末っ子だから皆がかまうのだ。

お転婆《てんば》ではなかった。おとなしい方だったと思う。独り遊びが上手だった。

「ぼんやりした子だったんです。だけどよく笑う、人見知りをしない子」

「そういう女の子は、一番可愛いものだよ」

そう言うと、義父は笑顔のまま、しばらく郁美を見ていた。

「この回覧板、お隣に持っていけばいいのでしょう」

義父の視線が照れ臭くて、郁美は慌てて用事を作り、立ち上がる。

この回覧板を持ってきた隣家の老人が、郁美を見て「綺麗なお嫁さんだ」と何度も感心したせいで、義父と老人に幼い頃の話を玄関先で聞かせてしまった。

「おいおい、まだ回覧の中身を見ていないよ。持っていくのは明日の朝でいいさ。だけど、そうだな、それを持っていくのは郁美さんに頼もう。綺麗なお嫁さんを隣にも自慢したいからね」

義父はもう一度、底抜けの陽気さで笑う。

○

郁美は独りきりの晩ご飯を採っていた。

義父は俳句サークルの会合で出かけている。耀司は午後に家を出たまま戻らない。

連絡はない。携帯は通じなかった。

独り暮らしの頃を思い出す。

あの頃は、こんな静かな夕飯が当たり前だった。

今は、この静けさを寂しいと感じる。

電話の音に、郁美の箸が止まる。

「郁美さんかい、申し訳ない。迎えに来てくれ」

義父の声がした。会合の後、特に気の合う数人と居酒屋へ流れたという。

「ペーパードライバー同然の私が行くのですからね、時間は少々かかりますよ。短気を起こさず待っていてください」

酔っているせいだろう、義父はこちらの言うことをよく聞いていない様子だった。

電話の向こうはにぎやかで、活気があった。

私鉄の最寄り駅の、ひとつ隣の駅前だという。店の名前を教えてもらった。

明るい店の前に義父と、その仲間たちが固まっていた。背後に店のネオンが光り、逆光になった彼らの姿は暗いシルエットになっている。皆一様に酔いに体を揺らしている。夜の海中に漂う海草みたいだった。

「お義父さま、お待たせ」

郁美が声をかけると、義父は嬉しそうに仲間に紹介する。皆一様に愛想がよく、郁美を「優しい」だとか「綺麗な」などと耳障りのよい言葉で褒めそやす。

『綺麗なお嫁さんを隣にも自慢したいからね』——

先日の義父の言葉が蘇《よみがえ》る。

しかし郁美も、決して悪い気はしない。義父に好かれていることを感じて、素直に嬉しくなった。

家に戻ると、耀司はまだ帰宅していなかった。今夜は、もう帰らないかもしれない。

「お義父さま、軽く何か食べますか？　お風呂は沸いていますけれど、入りますか」

無意識のうちに、郁美は耀司の不在を気づかれまいとして、義父の気を逸らすように甲斐甲斐しく世話を焼いた。

酔いが醒めていないから風呂は後で。軽くご飯ものが欲しいと言われた。

「茶漬けの類はいらない」

郁美は油揚げをさっと焼くと、刻んだ葱と一緒にご飯を出した。

熱いほうじ茶を煎れると、なんとなく、そのままそこで義父に給仕をした。

「そうだ。前から郁美さんに見せようと思っていたものがあってね」

半分ほど食べると、義父は立ち上がり、自分の寝室から何やら陶器をあれこれ持ち出してきた。

手の平にすっぽり収まるほどの小さな壺が五つばかり。どれも埃《ほこり》を被っている。

「一輪挿しですか」

郁美はひとつを手に取る。

「油壺《あぶらつぼ》だ。全部、明治か大正の品だよ」

郁美は骨董の類は詳しくない。

「ひとつだけ古伊万里がある。昔の女性は、こういうものに鬢《びん》つけ油を入れていたんだね」

義父は感心したように言った。

郁美は壺の口に鼻先を近づけてみた。

心なしか甘く、重たい匂いがした。

「日本髪を結っていた頃だね。今の女性は髪を結わないから、油壺なんて必要もなくなってしまったね」

ひとつひとつ微妙に形が違う。手の平にのせ、もう片手で包むようにすると、こんもり膨らんだ壺の腹が、ちょうど具合よく、隙間も作らず収まった。

「可愛らしいわ。お義父さまったら、こんな趣味があったんですね」

「昔、凝った時期があってね。ばあさんに内緒で集めたんだ」

もうすぐ孫が生まれるからか、最近の義父は、連れ合いをよくそう呼んだ。

「あの人に見せても、そんな高いものを買って馬鹿みたいだとか、口うるさく怒るばかりだからね……。今まで誰にも見せたことなかったんだよ」

義父は最後の言葉に力を入れて、郁美を見る。

「ふくよかだろう。この形がいいんだ」

義父は無骨そうな太い指で、壺の首の付け根の括《くび》れから、真ん丸く膨らんでいる腹のあたりまでを撫でて、笑う。

「この丸みがね……」

壺の膨らみを何度も往復する。

骨董だとか、壺の類の、そういうよさを理解する義父を、郁美は快く思う。

しかし油壺が、どれも長い間放っておかれたらしい汚れ方をしているのも、また義父らしいと苦笑してしまう。

「もったいない。こんなに汚れてる」

撫でると磁器のすべらかな感触がする前に、ざらりと埃が手の平を擦った。

和箪笥《わだんす》の上にずっと置かれたままだったという。寝室が違うので、長いこと妻の目には触れなかったのだろう。

郁美は手の平を擦らせて、埃を拭ってしまう。

壺の表面は艶光りし、模様や絵づらがはっきりしてきた。

「それは九谷《くたに》だ。九谷というのは、この緑色が重要なんだね」

義父の指先が、郁美の手や指の隙間から覗く深い緑色の壺肌を擦り、その流れで自然と郁美の指の股を擦った。

郁美は手から力を抜き、壺の持ち方をゆるく直す。

「ずいぶん汚れてしまったね」

義父に、強引だが、ゆっくりと、片手を取られた。

○

「お陰で壺は綺麗になったけれど……」

義父は両手で郁美の手を挟んだまま、動かなかった。

郁美もまた、どうしていいのか解らず、されるままになっている。

「綺麗な手なのに……真っ黒だ」

ふと、義父が力を入れて、手を握ってくる。

「郁美さん、いつでも耀司に見切りをつけていいんだからね」

唐突だった。しかし郁美は驚かなかった。

「今夜も、また、いないんだろう」

「……はい」

「働きもしない、どこほっつき歩いてるんだ、まったく」

義父は吐き捨てた。初めて聞く、荒い口調だった。

「すみません」

とっさに、郁美は謝った。

「なぜきみが謝るの」

問われても、郁美は感情が高ぶってきて、言葉が詰まった。何も答えられなかった。

「もういい歳だが……前にも言ったが僕は、アレの子育ては失敗したと思っている。郁美さんも、我々に遠慮せずに、いつでも見限ってかまわないよ」

自分の幸せを考えなさい。アレといつまでも一緒にいても浮かばれまいと、義父は早口に付け加える。

「耀司さんを見限ったら……私はここにいられなくなります」

「いていいんだよ」

「……だけど」

耀司の相手だからこそ、この家で暮らしている。そうでないのに暮らすとなると、いったい自分はここの何になるのだろうか……。

心許ない思いに駆られ、郁美は急に寂しくなった。

「もっとも、風呂場くらいしか泣く場所もないような家だけれどね。それでかまわないなら……僕は、いて欲しいんだ」

郁美は恥ずかしさに身が強張った。

ふと気づくと、義父は、郁美の指を一本一本強く握り、丸めた手の中で揉みしだくようにしていた。

愛撫されていると、はっきり感じる。

その思わぬ指先の力強さに、郁美は胸が締めつけられた。下腹部の深い箇所で、刺激が波打ちだす。

郁美は自分の反応に慌てた。

義父に好意を抱いていたが、文字通り優しい父親として慕っていたにすぎない――

そう自分では思っていた。

しかし違っていたようだ。

郁美が応えるように手を動かすと、互いの指の股が食い込むまで、手を握り合ってしまう。

乾いて皮膚の硬い義父の手の平に、郁美の湿り気が伝わって、いつしか互いの手の隙間は蒸れるように汗ばみだしていた。

「お義父さま……」

義理の父親なのに……かなりの年上なのに……。それでも男として受け入れられる。そんなことを意識すると、郁美の股間は心地よく疼く……。

「郁美さんなら、いくらでもいい相手がいるだろうに」

「そうかな」

義父はそれっきり何も言わず、ただ郁美の手を強く握り、指の腹で手の甲や、掌の膨らみを強く擦るように愛撫する。

愛撫が強くなり……しかし気を持たせるように弱くなる。激しい思いを伝えてくるような手荒な触れ方を待っていても、いっこうにそうならない。郁美は焦れた。いっそのこと、手首を握り、体ごと引っぱられて、抱きしめられてみたい。

そんな誘惑に駆られた。しかし義父の自信のなさそうな愛撫からは、それも期待できないだろう。

「お義父さま」

郁美は耐えきれずに、声をかけた。

言いたいことは何もない。

ただ沈黙に耐えられなかった。

「なに？　どうしたの？」

意外にも、義父の声には余裕があった。

「私、お義父さまとずっと一緒にいたいわ」

義父の手から力が抜ける。

いけないことを言ったのだろうか。

絡めていた手を離すと、今度は郁美の髪を撫でてきた。

「嬉しいこと言ってくれるね。だけど郁美さんは、今は耀司のパートナーなのだからね」

見ると義父は酔いのすっかり抜けた素面《しらふ》で、難しい顔をしていた。

郁美ははぐらかされたような寂しさを感じて、俯いた。

「それとも、裏の機織り婆さんのように、僕が死んだ後もここで機でも織ってるかい」

「私、ただ素直にお義父さまに甘えたいだけです」

こうして手を握り合っていたことは、義父には大したことではなかったのか……。

難しい顔を見れば、義父がためらっている様子も察せられる。

「さっ、お義父さま、そろそろお風呂にしてください。その食器、早く洗ってしまいたいの」

郁美は無理して表情を作り替えると、わざと義父を食堂から邪険に追い立てた。

○

義母から電話があった。

電話を取った郁美は、短い会話を交わしてから、義父に受話器を渡した。

義父に代わってからの電話は長かった。義母がほとんど喋っている。義父は延々と相槌を打つばかりだ。途中、「——さんに伝えておけば」「——ちゃんは、別にかまわないと思うが」と、郁美の知らない人物の名前が出てきた。

義父の受け答えがだんだんと、聞いたこともないほど邪険になっていった。

義父も何かしら満たされていないのかもしれない。郁美はふと思った。

第二章　広げた素足

朝、顔を洗い終えて、顔を上げると、自分の背後に立つ義父を鏡の中に認めた。同時に、つっと鼻に違和感を覚えると鮮やかな血が顎先まで流れた。

「後ろにいるの、気づきませんでした」

言いながら、とっさにタオルを鼻に当てた。

「大丈夫か」

なんでもありません、そう言う間もなく、義父の手が額に当てられて、郁美は上を向かされた。

「女の鼻血は心配ないと言うけれど……」

起き抜けの、しかも洗いたてで拭ってもいない濡れた顔を剥き出されて、郁美は恥ずかしかった。

「じっとしているんだよ。……力を抜いて」

後頭部を抱えられる。水の中で仰向けに浮かんだ時のように、郁美は身を委ねた。

窓から差す朝日が眩しい。思わず目を閉じた。

義父は鼻先にタオルを被せ、その上から小鼻をつまんでくる。仰向けた郁美の頭を、胸元で抱えるようにしていた。

「少しこうしていると、止まると思うよ」

汗と皮脂の濁った匂いが、義父の腋の下から匂っている。頭頂部を押しつけている義父の胸が、大きく前後に動いていた。それに合わせて匂いも濃くなったり、薄くなったりしている。

「そんなこと、言うんですか」

緊張を和らげたくて、郁美は口を開いた。

「何が?」

「女の鼻血は心配ないなんて……」

義父は笑っただけだった。

「もう、大丈夫です」

郁美の言葉を無視して、義父は素手で濡れた額を拭ってくる。掌と付け根が特に膨らんだ、熱っぽい手の平だ。

額の髪の生え際まで滑らせた手で、そのまま髪も撫でられた。幾度か繰り返し額と髪を撫でられて、郁美は大きく息を継いだ。ブラジャーをしていない乳房が、薄いシャツの中でせり上がった。汗ばんだ胸元にたまっていた熱気が、シャツの襟元から逃げていく。

義父の腕にのせた後頭部が熱い。髪の隙間が蒸れている。郁美は額にも、汗をかき始めた。

「もう、本当に、大丈夫ですから」

黙っていると、このまま、いつまでも、頭を抱えられたまま、額を撫でられていそうだ。

郁美は無理に体を起こした。少しふらついた。

「寝不足じゃないのかい。横になっているといいよ」

義父は柔らかく腕を解き離すと、シンクに栓をして、そこに溜まっていく水を下を向いて見つめ続ける。

○

午後、机に向かっていた郁美の、絵筆を持つ手が止まる。

玄関で物音がする。耀司が帰宅したのだ。外泊しては、昼過ぎに帰ってくる。ここ最近、こんなことが続いていた。

どこへ行っていたの？　と、訊いても、機嫌を悪くされるばかりで、何も答えてくれないのはわかっている。

仕事をする郁美の右手には、油壺を拭って汚れた手を義父に握られた、あの時の感触が残っている。絵筆を置いて、ゆっくりと握ったり開いたりを繰り返した。

今日は霧雨が降っていて、気温が高い。じっとしていても、うっすらと浮かんだ汗が引かないままだ。

郁美は髪をひとつにまとめていた。束ねた髪とうなじの間に汗が溜まり、熱がこもってきた。

窓ガラスにも細かい水滴が無数に付着している。そこから見える庭は、温気の中に溢れるように緑が茂っていた。

窓を開けておくと、草の匂いがきつかった。

風呂場から出てきた耀司が、階段を上がってくる足音がする。

郁美は絵筆を持ち直して、身を屈めて仕事を続けた。

耀司が留守がちなのを、義父も郁美も、あえて口にしないでいる。

義母も奈良に行っている今、いつの間にか家の中には、二人しか生活していないかのような感じがしてくる。

○

郁美は、そんな生活の変化に、気づかないふりをしていた。

「酢の物がいいな」

食材がいくつか半端にあまったので、何か食べたいものはないかと訊くと、そう義父は答えた。

こしらえていると、梅雨の水気を含んだ重たい空気の中に、酢の匂いがいつもよりきつく漂うように感じた。

「いつもは、あまりお好きじゃないのに」

テレビを置いてある部屋に小鉢を持っていくと、義父はまた畳の上に直接尻を着け、膝を折って抱えた姿勢でテレビを見ていた。傍らにアルコールのグラスが置いてある。

「こうむしむし暑いとね、キュッとする、こんなものが食べたいんだよ」

義父は、もうすぐ食堂で夕食を摂るから、一足先に食べていてくれと郁美に告げた。

「前から思っていたんですけれど……」

茶碗半分もご飯を食べた頃にやって来た義父に、郁美はそう前置きをすると、笑ってみせた。

「酔うと、子供みたいですね」

「僕がかい？」

「前から思っていたんです。赤い顔して、行儀よく脚を抱えて……」

「そうかい、子供みたいかい」

義父は嬉しそうに笑い、言葉を噛みしめるように、その台詞《せりふ》を何度も口にした。

「子供といえば――」

郁美は、初産を間近に控えている、耀司の姉の近況を訊いた。

その流れで、話題はしばらく子供や育児のこととなり、郁美はふと思いついて、屈託のない気持ちで義父に片手を差し出してみせる。

「ねぇ、見てください」

右の手の平を開くと、小指の付け根の、ひときわ鮮やかに刻まれた一本の皺を爪の先でなぞってみせる。

「これ、生殖腺っていうんですって。こんなにはっきりと……。ねっ。だから私、きっとお義父さまの孫を産むと思うの」

「どれ」

隣の席に座っている義父に手を取られる。郁美は逆らわずに、腕を彼の方へと伸ばした。

「あぁ、本当だ……。これか」

義父の太い指先が、生殖腺をなぞる。

郁美は思わず指を曲げる。くすぐったかった。

「おいおい、もっと見せてくれよ」

丸めた郁美の指の中に、義父の人さし指を横向きに閉じこめていた。

日が暮れて涼しくなったと思ったが、夜が更けるにつれて蒸してきた。半袖から出ている郁美の腕は、じっとりと湿り気を帯びている。背中に、湿った服が貼りつくようだ。

全開にしている台所の小窓から、何かの花の香りが流れてくる。

柑橘系の、実にいい香りだと、郁美は呼吸を深めた。

「前から訊こうと思っていたんです。これ、何の花ですか」

義父も香りには気づいていたようだ。すぐに答える。

「忍冬《すいかずら》だよ」

「どんな花かしら。庭にあるなら、見ているはずだけど……」

「見てみたい？」

義父は、摑んでいる郁美の手の、指の股に、自分の指を入れながら、そう訊いてきた。

義父に手を握られている。そのことに呆然としてしまう。

「……えぇ。見たいです」

上の空で答えながら、郁美はふと、次の瞬間に義父に手を引っぱられて、抱き寄せられるのではないかと感じた。そういう気配が、義父から漂っていた。

その時を息詰まりながら待ちつつ、構えるような思いとは裏腹に、体から力が抜けていく……。

そうされてもいい——と、思っている自分に気づいて、その刹那、郁美は胸に甘い疼きが通り抜けるのを感じた。

義父は郁美を見つめて、遠くを見るように細めた、焦点の定まらぬ目つきをしている。

郁美は緊張し、戸惑った。

「なら、見に行こう」

「えっ」

急に立ち上がった義父に、郁美はぼんやりと上気した顔を向けた。

「忍冬さ。見に行ってみよう」

二人の手の指は、まだ絡んだままでいた。

○

「おっと危ない」

庭に出るなり、郁美はつまづいた。つっかけサンダルの爪先を、どこかに引っ掛けてしまったのだ。

とっさに、傍らの義父へと身を投げ出していた。

義父は受け止めてくれた。背中に両腕がしっかり回されている。意外にも強い力で締めつけられて、郁美は胸を義父にぎゅっと押しつけてしまった。

乳房が潰れて、ブラジャーのカップの中で、上に向かって盛り上がるのを感じた。

気がつけば、片足が水溜まりに入っている。

「あぁ、そうだ、ここに椿を植えるつもりで、穴を掘ったままだったんだ」

郁美を抱いたまま、義父は言う。

それは飛び石の脇に掘られた穴だった。溜まっている水は、昼間に降った雨水だ。

「見て、雨が溜まって、半月が映っている」

自分の片足が作った波紋に、水面の月が波打っている。

月を見下ろしていると、郁美はふと、背中で動く義父の手を感じた。

汗に湿った服地が背の肌に付着して、冷たく感じる。その上からゆっくりと、熱を帯びた義父の固い手の平が押しつけられる。

屋内は蒸していたが、外に出ると涼しい。着ているものは汗で湿り、肌はまだ火照っている。

それらの温度差と、義父の這うような手触りに、郁美はぞくりと背筋を震わせ、とっさに義父にしがみつく。

「お義父さま」

義父も汗を掻いて、着ているポロシャツが湿っていた。肉厚な体つきをしているが、身を預けると、思った以上に大柄だと解った。

背中を撫でる義父の手が、止まる。

「……郁美さん」

義父の腕が力み、後はハッと息を呑む。

息詰まる彼の胸の強張りが、体を寄せている郁美にも伝わった。

「――だよ」

義父が何か口走った。郁美は聞き取れない。

「えっ？」

問い返すと、義父に体を押されて、重心を崩した。

「あっ」

思わず、水から足を引き出した。飛び石の上に思いきり着けた足の、サンダルのヒールがコーンと響く。郁美は足を大きく広げて体の安定を取った。

「おっと」

ふらつく前に、義父に片手を取られる。

「汚れただろう。そこで洗ってあげるよ。足を……汚れただろう」

義父は、何かしら言い訳めいた調子で早口に言った。

周囲が薄暗く、声はするが彼の姿は闇に溶け込んでよく見えない。夢の中にいるみたいだと思った。

義父の後から歩く。暗い庭は広かった。義父は濡れ縁に郁美を促そうとしているようだが、その前に立ち止まると、

「ほれ」

と、傍らの暗がりを指さす。

群青色の夜空に、棕櫚《しゅろ》の葉が濃い影を作っている。

「忍冬だ」

「えっ」

「匂うだろう。この棕櫚の幹と、それから隣はシャラの木だけど、この二本の木に巻きついているんだ」

忍冬が蔓性の植物だと、郁美は初めて知った。近づくと匂いが濃くなってくる。しかし花は、闇が塗りつぶしたように見えなかった。

郁美が濡れ縁に座ると、義父はホースを引っぱってきた。先端の口から水が流れ出ている。

「洗ってあげるよ」

郁美はサンダルから足を抜いた。

闇夜に、素足が白々と浮き上がるように見える。

足の指を摺り合わせるように動かすと、指の股に詰まっていた重たい感触の土がぽとぽと落ちる。

郁美の足の指は長めで、指と指の間に隙間ができていた。ひとさし指が親指よりも、若干長い。

「親より出世するよ」

義父も、やはり耀司と同じことを言った。

「じゃあ僕があいつにそんなことを教えたのかな……」

義父は照れ臭そうに言い訳めいて言い、足に水をかけてきた。

「あんっ」

出し抜けだったので、冷たく感じられた。郁美は思わず尻を浮かせかけ、右の、その足を引っ込めようとした。

「動かないで」

義父に足首をつかまれた。

自分の意志とは逆に、脚がぐーっと伸ばされていく。

膝まであるスカートの中から、素脚が膝を伸ばすようにして、濡れ縁の前にしゃがむ義父に向かって突き出されてしまう。

「……あっ」

スカートの中にこもっていた汗と、擦れ合う内腿の熱気や肌のぬくみが、そのまま義父に向かってむっと漂っていく。

恥ずかしかった。

郁美は緊張して体を強張らせた。自然と上体が後ろに倒れ、片手を着いて支えるような姿勢を取った。

義父の意志で体を動かされていると、伸ばされている脚の、太腿の内側のあたりが自然と逆らうように力んでしまう。

ききわけのない義父の強引さに、郁美は緊張した。

内腿の力みが下腹部にまで広がり、尻を強張らせると、股間の位置が上がっていく。

「くすぐったい」

義父に向かって股間を突き上げるような格好をとってしまった羞恥を紛らわそうと、ひときわ大きな声を出すと、とっさに脚の指を丸めた。

義父の指の股に、郁美の脚の指が食い込み、義父の手の甲に、丸く、短めに切り揃えてある郁美の足の爪が擦れる。

「……駄目だよ」

低く、気難しい声で短く言われた。郁美は驚いて顔を見たが、暗くて解らない。

義父は、そのまま無言で郁美の足を丁寧に洗っていく。水をかけて、指で泥を擦り落とし、指の一本一本をつまんで、爪の中まで自分の爪を入れて洗っていく。

指の股を広げれば、そこに流水をかけ、自分の指を一本挟み、上下に擦った。

几帳面すぎる義父に戸惑いながら、郁美はされるままになった。

足を、片方だけ洗うのにも、延々と時間がかかった。

「そっちも」

ようやく義父が声を出した。低くしゃがれていた。

郁美は無言で片足を差し出す。洗ってもらった足は、濡らしたままサンダルに突っ込んだ。足の裏が、クッションの入ったサンダルの足底に、ヌルッと滑る。

義父はまた延々と足を洗っていく。

水の音だけがジャバジャバと途切れない。

その音の合間に、生々しい息づかいを、郁美はふと聞きとめた。

「……お義父さま」

戸惑いが膨らむ。微かに、脅えを感じた。

郁美はもう一度、

ついてきた。

「お義父さま？」

それに答える代わりに、義父はホースを投げ出すと、洗っていた郁美の足にしがみ

水はホースから流れ続けている。

「郁美さん……」

足首と踵とを掴まれて、足の甲に頬ずりされる。

一日の終わりにすっかり伸びた男の剛い無精髭は擦れると痛かった。

「んっ」

郁美は思わず爪先を丸めた。

「あぁ郁美さん……」

義父はますます激しく頭を揺らして、頬を擦り寄せてきた。

「……お義父さま」

突然のことで頭がぼんやりとしていた郁美は、ただされるままでいた。こんな義父に愛らしさを覚えてしまった。

義父の、なりふりかまわない様子が幼く思えたのだ。

「アッ、ッ……」

くるぶしのあたりに、急になまあたたかく湿る、ぬらりとした感触が走り、郁美は驚いて、とっさに足を引こうとした。

しかし義父に脹《ふく》ら脛《はぎ》を抱えられる。

脚が動かない。

チュッ……と、湿る唾液の音がした。

義父の唇と舌が、ゆっくり這い上がってくる。

「お……義父さ、まっ」

その艶めいた感触に、郁美は胸元や背中、二の腕の毛穴が一気に広がるのを感じた。

なまあたたかい汗が、膨れあがるようににじみ出た。

「アアッ……。ハゥッ……ンッ」

義父が狂おしげに呻く。その動物じみた声に、郁美は緊張した。

「郁美、さん……」

突然、義父が唸るような声を出して、愛撫をする郁美の片脚を持ち上げた。

「アッ……そんな」

太腿までスカートが捲れ上がってしまい、思わず手で押さえた。

そんな戸惑いなど、義父はまるで目に入らない様子だ。しだいに遠慮を無くして息子の嫁の素足を唾液で濡らしていく。

「綺麗な脚だ……。本当に綺麗な脚をしているよ、郁美さんは」

「そんな、嫌よ。太いでしょう」

「このくらい肉付きがいい方が……」

義父は、最後はもう舐めるのに夢中で言葉が出てこない様子だ。

脹ら脛の、肉の張り詰めた最も丸みを帯びているあたりに、義父の舌がヌーッと往き来する。

「ヤッ……だめっ、もう……」

郁美は濡れ縁に座ったまま、肩をすぼめた。こそばゆさと、気色の悪さ……。それ以上に、男の荒々しさに怖くなってきた。

フヌッ、と、義父の鼻息が、濡れた肌に吹きかかり、湿った温気に包まれていながら、郁美はぞくりと寒気を覚えた。

「お義父さま……」

抵抗するつもりで、濡れ縁の上で尻を浮かせた。内股にこもっていた熱気のようなものが、甘い匂いを伴いながら、むわっと広がる。

「いやっ」

郁美は恥ずかしくて腰をよじった。

梅雨時の高い湿度に濃くなる女の肌の匂いに興奮したように、義父は両手の平で太腿を荒々しく撫で回してくる。

それが、しだいに柔らかな内腿の肉を練る、といった感じになってきた。

蹂躙されている——そんな実感に郁美は怖くなり、さらに激しく腰をよじって逃げようとした。

「お願いだから……。もう駄目なんだ。抑えられないよ」

義父が息を乱して囁く。強引な態度とは裏腹に、女々しいほどの哀願口調だ。

「お願いだ。今だけ……」

男らしさの欠片《かけら》もない、情けない義父が、哀れで、可愛く思える。

「お義父さま……」

肌をさすっている義父の、すえた汗の匂いと、厚い体から放たれる熱気が迫ってくる。

「……アッ」

とうとう郁美の下腹部に突き上げてくるものがあった。

「お義父さまっ」

思わず、両腕で自分の体を抱きしめてしまった。手の平に自分の乳房の膨らみを感じると、自分で握りつぶす。

「郁美さん……。嬉しいよ。いい匂いがする。すごくいい匂いだ」

内腿に義父の鼻息を感じた。酔っているらしい。

素面でない義父に安心して、郁美は無意識のうちに自分から脚を広げて、股間を突き出していた。

「お願い、お義父さま、私をぎゅって抱きしめて」

素直な思いを言ってしまった。

義父が濡れ縁の傍らに座り、上体をこちらに向けて両腕を伸ばしてきた。

引き寄せられる。

圧倒的な男の力を感じて、胸が甘く疼く。

「お義父さま」

甘えた声が出た。

「男の人からこうされるのは……久しぶり」

とっさに言葉が口を突いて出てしまった。

「え」

義父がハッと息を呑むのが解った。

郁美としては、自然と発してしまった言葉にすぎない。嘘ではなかった。

「僕でいいなら、いくらでも甘えればいいのに……」

頭を撫でる義父の手に、労《いたわ》りを感じた。

郁美は自分から義父に身を擦りつけるようにした。

義父の手が前に回ってきて、窮屈に押しつけ合っている胸元に差し入れると、郁美の乳房を揉んできた。

「アッ……ンァッ……」

ブラジャーのカップの中で、乳房が自分の意志とは関係なく歪む。痒いような疼きが乳首に集まってくる。

乳首が凝《しこ》り、尖ってきた。

「ハァッ」

郁美は肩で息をし、のけぞった。義父をおしのけないといけない……。そう思っても、できなかった。

義父がシャツの裾をまくり、カップを押し下げると、今まで揉んでいた乳房を露出させた。

「いや」

郁美はとっさに胸元の膨らみを隠そうとしたが、すぐに顔を寄せてきた義父に乳首を口に含まれる。

汗ばんでいた肌が夜気に冷えてきた。乳房の先端だけに義父の口中の温もりが伝わり、疼くような温かさだ。

「アヌッ、ンッ……」

郁美は肩をすぼめた。

それでも疼きが収まらず、義父の頭に手をやる。後ろに撫でつけている前髪に触れると、整髪料でべたりとしている。かまわずに乱暴に撫で回し、固めてある髪を崩してしまう。

疼く……。もう、どうにも、抑えようがない。

「お、お義父さま……ン、ヌッ、お義父さまってば……」

郁美は腰を突き出すようにして、ねだった。濡れ縁の上に左右の素足を上げて、膝を曲げた脚を大きく広げた中に義父を迎え入れている。スカートは脚の付け根まで捲れていた。

義父は両脚を地べたに着けて、濡れ縁に座り、上体を曲げて郁美に向けている。

「……」

義父は腰をずらすと、迷いのない手つきで、ショーツに被われた割れ目を指で上下に擦ってきた。

「ウッン」

薄く、てかりのある生地が指の腹で亀裂の内側に擦りつけられて、すぐになまあたたかい湿り気を帯びてきた。

郁美の広げた股や、剝き出しの太腿からは、汗と肌の匂いが混じり合ったものがむしむしと水蒸気となってたちのぼっているようだ。

「あぁ、ここ。……これ」

ショーツ越しに、クリトリスを捉えられた。

義父は指を二本に増やし、その腹で突起を押し潰すようにする。さらに手首から先を震動させて、刺激を与えられた。

「アッン……駄目、そんなの……アァッ」

郁美は両手を背後について、上体を反らしながら、腰をぐいぐい突き上げていく。

男性に対して、こんなふうに官能をあらわにするのは久しぶりだった——

ふと、今自分のしている行為を改めて意識した。

抵抗を覚えないこともない。

だけど、それ以上に高ぶってしまっている。

歳が離れている相手だからだろう、義父の前では、どれほど興奮しようと、我を忘れて乱れても受け止めてもらえる、大丈夫だという安心感がある。

しかし、それでも郁美は、乱れまいと、自然と自分を抑えてしまっていた。

とうとうショーツの股布の脇から、義父の太い指が入ってくる。

その硬い感触の指は、とろとろに愛液を溜めた陰部とは対称的な感触だ。『触れられている』という実感を、郁美は痛烈に感じる。

大陰唇の片方が捲られて、クリトリスの突起を擦られた。

「ハゥン」

郁美は一瞬、尻が浮いた。

クチュッと、粘液の音が、郁美の耳にもはっきり聞こえた。

「こんなに……。すごく熱い」

義父は二本の指の腹で、小陰唇の隙間をかき回す。

広げた股の間で、粘っこい愛液が蜜のように絡乱している。

今にも義父の指が挿入されそうで、されない。その瞬間におののきながら、こうして秘部を弄《いじ》くられる快美感に、郁美は酔った。

「うっん……」

頭を反らすと、こめかみの汗が髪の隙間から頭皮を濡らして流れていく。

薄目を開けると、暗闇の中に、自分の膝小僧と、シャツを捲って剝き出した片方の乳房が、月光を浴びて白々と目立っている。

義父の姿は闇の中に溶け込んで、濃い影になってしまい、よく見えない。

ただ、干し草のような香ばしさと、甘ったるさの混じる肌や汗の匂いと、整髪料の涼やかな香りが混じり合っている義父特有の体臭が、前にもまして強く匂っていた。

梅雨の湿気が、匂わせているのだろう。

目を閉じた。

郁美は義父の存在を姿よりも強く感じ、鼻孔に流れる匂いに気が遠くなりそうだった。

「お義父さま……お義父さま……」

うわごとのように口走りながら、何もかもが、一瞬わからなくなる。

背中に義父が片腕を回して、支えてくれた。そのまま抱き起こされる。

顔と顔とが近づいている。義父の鼻息が、郁美の汗粒の浮かぶ鼻先に吹きかかった。

ショーツの股布の中には、まだ義父の指が入っている。

どうしていいのか解らずに、義父にしがみつく。義父も何か口走りながら、頬ずりをしてくる——

「アンッ」

が、その瞬間、だしぬけに周囲が明るくなった。

何が起きたか考える前に、二人は身を離して立ち上がる。

暗かった居間に灯りがついている、それが外まで漏れていた。

耀司が帰ってきたのだ。

幸い居間にはカーテンが引かれてあったので、濡れ縁の二人は室内から見えない。

郁美は慌てて勝手口へ向かった。

義父はまだ、庭に残っているようだった。それを確かめる余裕はなかったが。

第三章　セーラー服で

「電話だよ」

背後から子機をぬっと差し出されて、郁美は慌ててガス台の火を止めた。

どうもありがとうございます——子機を受け取り、そう言おうとして振り返るとすでに義父は台所を出ていくところだ。

背中を丸めてのっそりと向かいの部屋に行くと、夕刊紙を畳の上に広げ、その上に屈み込む。

蒸し暑いので、台所も向かいの居間も、戸を開け放してある。義父の姿はよく見えた。

「もしもし水守さん——」

電話機から聞こえたのは男の声。

「じゃなかった。結婚したんだ。屋造さんだ」

と、笑うのは、イラストの仕事を依頼してくれる編集者の恩田《おんだ》だった。

「はい。今は屋造です」

郁美も相手に合わせて冗談めかして応える。

「うわぁ、人妻の声だなぁ」

しかたなく笑った。実際、恩田とはそれほど親しくはない。数回食事をしたことはあるが、それだけで、仕事の付き合いが中心の相手だ。

「どう、お舅さんらとの同居生活は？　うまくやっているのかい？」

用件は仕事の依頼のはずだが、恩田はなかなか興味があるらしく、余談の世間話が弾む。もともと話し好きな男でもあった。

「そろそろストレスが溜まってきた頃じゃないの。今どき男の両親と同居なんて珍しいと思うよ」

郁美は笑いながら適当に返事をした。近くに義父がいるので、内心では上の空だ。

この二、三日、義父と話していない——正確にはあの晩以来だ。

『電話だよ』——今さっきの、あの一言が、久々に聞いた義父の声だった。郁美は急いで会話に繋げようとしたが、義父はすでに背中を見せていた。

避けられている郁美もまた、義父を避けてしまう。

気まずい。

なんとなく義父と顔を合わせないようにしていた。朝食や夕食も微妙に時間をずらして一緒にならない。二人とも、示し合わせたようにすれ違っている。

郁美も義父も、一線を越さんばかりに闇の中で触れ合い、ふいのことに身を離したために、中途半端な高ぶりの収めどころをなくしている。

互いに、尻切れた情熱を持て余している。無理して元の日常に戻っていたが、無理がある。前のような生活では、今の二人にはすでに居心地が悪かった。

台所も居間も戸が全開になっていて、義父と同じ空間にいるのも同然だ。郁美の声は筒抜けだった。聞く気がなくとも耳に入っているだろう。

なんとなく、嫌だった。

こんな時に限って、恩田は饒舌だ。

「ところで、この日だけど、その後に時間が取れるかな」

依頼する仕事の打ち合わせの後に、食事でも、と、恩田は誘ってきた。

今までも、恩田とは食事をしたことがある。彼はいつも車で移動しているので、酒は呑まない。

「ええ、かまわないですよ」

「じゃあ、晩飯を一緒に食べよう。ゆっくりできるよね。まだ子供もいないんだし。これで一人だって産んじゃうと、時間が取れなくなるよ。今のうちだよ」

恩田は長話を決め込んでいる調子だった。

いつものように笑ったり、愛想よく受け答えをしたが、郁美の心には屈託があった。義父はまだ向かいの部屋で背を丸めて、畳の上に広げた新聞に覆い被さらんばかりになっている。

当然今の郁美の電話の声は聞こえているはずだった。

「仕事の関係の人かい」

やっと電話を終えると、向こうの部屋で、義父が新聞の上から顔も上げないで訊いてきた。

「はい。あの――」

「その日は、夕飯を食べてくるんだね」

打ち合わせの日は遅くなると言おうとする、その前に、義父が確認を取るように言った。

やはり、今の電話の、少なくとも郁美の受け答えは聞こえていたようだ。

「はい。お義父さまの分は、こしらえておきますから」

「いや、別にかまわないよ」

「でも」

「その日は、僕も外で食べるか、何か買ってくるから」

他人行儀な口調だ。

義父は、仕事とはいえ、郁美が男と会うのを嫌がっているのだろうか。

郁美は、不安に駆られて、落ち着きを失った。

○

恩田が既婚者なのか独身なのか、郁美は知らない。彼の指には、結婚指輪の類はなかった。

依頼された仕事は、児童雑誌の挿絵だ。初めて携わる仕事だ。いつもとは勝手の違う注文を、必死になってノートに書き留めていく。

「さっきからお義父さんの話ばかりしているね」

恩田がそう言ったのは、夜の食事をしていた店でだった。

「……そうかしら」

そうだよ、と、恩田は意味ありげに笑うと、煙草をくわえる。

郁美の顔に煙が流れてきた。

耀司も義父も煙草を吸わない。郁美自身も喫煙しないが、煙草の香りも煙も苦ではない。

「あれだ、ロマンスグレーっていう感じなんでしょう。お義父さん」

言われて、果たして義父がそうなのか、郁美はしみじみ考える。

「確かに、髪は白いみたいだけど。染めているんですよ。だから見た目、黒いことは黒いのだけど……」

つまらないことをしゃべりながら、義父の様々な表情を思い出す。

決して美男とは言えない。疲れた時は面長な顔が貧相に見える。朝は瞼が腫れていて、そこに新聞を読むために老眼鏡をかけると人相が悪かった。呑んだ時は子供のようだが……。

郁美はそんな義父の顔が好きだった。

女性に対して、お愛想を言ったり、親切にしたりできない。そういうことをしている時は、肩に力が入っているのがわかる。

慣れていないのだろう。

白髪を染めているというのに、物腰や言動にどこかしら子供っぽさがのぞく時がある。

「――では、あそこの編集部も編集長が新しくなったから、方針が変わってみんなてんてこまいしている――けど――さんも――」

いつも興味を持って聞く恩田の話も、どこか上の空で聞いていた。

早く家に帰りたいと、郁美は思った。

しかし恩田の車の助手席に座ると、とたんに現実に戻る。今の、あの愛想をなくした義父に、どうやって接していいものか、気まずくなっている自分たちの間の空気を、どう和らげていいものやら……。

帰宅してからの、義父への態度を決めかねて憂鬱になる。

事故でもあったのか、夜の道は渋滞していた。

恩田はひっきりなしに煙草を吸っている。

さすがに、郁美は窓を少し下ろした。

都外だから最寄り駅までで、という郁美の申し出を無視して、恩田は家の近くまで送ってくれた。

渋滞を抜けて一時間ほどすると、最近になって見慣れてきた耀司の家の近所の風景が、車窓から眺められた。

「このあたりで、もう……」

郁美は、よく行く公園の入り口にさしかかると、恩田に告げた。

中央に噴水のある、大きな公園だ。周囲を植え込みが囲んでいて、いつもはタクシーなどが停めてあり、運転手が仮眠をとっていたりする。

今夜は、車が一台も見あたらない。

「ありがとうございました」

膝の上に置いていたバッグを肩にかけると、郁美はドアの取っ手に手をかけた。下車しようと、心もちシートの上で尻を浮かせる。

膝の丈のスカートが上がり、一瞬、太腿の中程まで露出した。

「……えっ」

思わぬ力を、ふいに感じた。郁美はシートに重心を崩して座り直してしまった。

太腿に恩田の片手がのせられていた。

慌てて運転席の彼を見た。

「……ね？」

そう言ったきりだ。何か言いたいらしいが言葉も見付からない様子で、彼はしばらく太腿の上で手を行きつ戻りつさせていた。

ふっと、郁美の呪縛と緊張が解けた。

「恩田さん」

身を固くして、窓際へ身をずらす。

しかし恩田の片手は離れない。追いすがるように、いっそうの粘っこさを込めて太腿を撫でさする。

「困ります」

郁美は大きく溜め息をつくと、思いきって男の手をつかんだ。

「嫌です」

語尾に力を込める。

恩田は拒まれて聞きわけをなくしたように、つかまれる手に力を込めて強引に動かすと、今度はいきなり郁美の腰を抱いてきた。

運転席へと引き寄せられた。体を不自然に捻った郁美の顔のすぐ間近に、恩田の顔がある。

暗闇の中、汗と脂に異様に光った恩田は異形の面相に見えて、郁美は急に怖くなる。

「私、結婚しているんですよ。夫がいるんです。困ります。やめて」

郁美は恐怖心を堪えて笑顔を作ると、穏やかに恩田に言い聞かせる。

仕事の繋がりを壊す懸念があった。乱暴な拒み方はしたくなかった。そればかりでなく、男性を邪険に拒んで傷つけるのにも抵抗があった。

男の勢いが弱まったようにも思える。

「駄目？」

恩田は粘っこい声を出した。駄々をこねていた。

つまり、郁美に甘えている。

せっぱ詰まった状況を一瞬だけ忘れて、郁美は苦笑する。

「駄目です。お願い、私もう帰ります」

つっぱねずに、逆に口調も穏やかに彼を説得した。

「……そんなぁ」

「お願い。もう帰らせて……」

恩田の攻撃的な欲望を、このままくるんでしまおうという思いからだった。郁美は恩田の額に乱れてかかる前髪を、指先でなおすことさえしてやった。

応えることはできなくとも、自分を求めてくれる男への、せめてもの慈しみの気持ちから髪に触れてもいた。

恩田はおとなしくなった。

「それじゃあ、私は帰——」

しかし運転席から身を伸びだすようにして、恩田はのしかかってきた。

「あっ」

捻った体に男の重みがかかり、郁美は助手席に埋もれるように身を沈めていた。今まで車窓から見えていた群青色の夜空や公演の植え込みのシルエットは視界から消えた。今度こそ、恐怖を覚えた。

首筋に男の温かな息が感じられ、肌に濡れた舌が触れた瞬間、郁美は弾けたように動いていた。

「だめ」

義父との夜が蘇った。

けれど、義父とは違った。全然違う触れ合いだ。

今は嫌悪感しか感じられない。

「いいじゃないか」

恩田の口元が耳の後ろに伸びてきて、郁美はのけぞった。

「あっ」

息を継ぐと、車内に充満する煙草の煙にむせた。

「ちょっとだけ。ねっ……」

「いゃ。やめて。いやぁ」

恩田の馴れ合った口調がたまらなく不快だった。体を触られる以上に嫌だと感じた。

「いいだろう……少しだけ。人妻の体を知りたくてね」

その言葉も郁美の神経に触れた。

肩を押さえつけられた。

思った以上に強い力だ。ほんとうに駄目かもしれないと今夜初めての恐怖に駆られた。

いつの間にかスカートは大きく捲れ、ショーツに被われた股間があらわになっている。窮屈な場所で身をよじったせいで、それはきつく食い込み、恥丘の膨らみや性器の亀裂がくっきり浮き出ていた。

そこに恩田の手がかかる。

裾から入れられ、割れ目に直接指先が触れた。

「あっ……いや」

秘めた部位に刺激を受けた時、下腹部に熱いものが膨れあがる、あの感覚が起きた。揺り動かされた官能が、これに身を委ねろと誘いをかけてくる……。

快楽に身を任せたい。が、

――この人では、嫌。駄目。絶対に駄目。

と、気持ちが強張る。

今、屈託なく男に向かって脚を広げられたらいいのにと、恨めしくなる。それほど強い快感が、ときおり体を貫いている。

しかしそれには相手が違う。

恩田の指先はますます深く亀裂の中に潜り込んでくる。その動きに柔らかな性唇が巻き込まれる。

「――じゃないか。ねぇ――だから――」

恩田が何か言っていた。それも聞く余裕も失って、郁美は夢中で行動していた。

「駄目。ほんとうにもう、いや」

手探りで何とかドアを開くと、夢中で外に飛び出した。バッグは肩に担いだままだった。靴のヒールが地面を踏みしめる感覚に、安堵する。

郁美は走り出していた。

恩田が追ってくる気配はない。

ヒールの音を高く響かせて公園の中を突っ切り、郁美は〝我が家〟へと向かった。

○

家の中はひっそりとしている。

耀司はいないらしいが、義父の気配もまた今夜はない。

とっくに寝ているのかもしれない。

でも、寝室からいつもの深夜ラジオは聞こえてこない……。

郁美もまた、そっと爪先で歩いて洗面所に向かう。

灯りをつけるのが怖かった。

洗面所の空気は乾いている。誰か入浴すると、湿った空気にシャンプーや石鹸の香料の香りが残っているものだが……それはない。

脱衣籠の中も空だった。

洗面台の横にある小窓を開けると、通りの街灯の明かりが差してくる。光源はそれで充分だった。

しかし窓を開けても涼しくならない。庭木の緑の香りが強い。

ふいに郁美は寒気がして両腕で我が身を抱いた。

そっと鏡を見る。

白い顔をしていた。それだけ黒目がちの目がいつもより大きく、濡れたように見える。その回りを囲む睫毛も濃い。

ふっくらとした頬も、いくらか締まり、翳りが生まれている。

服は、どこも破れてはいない。怪我もしていない。

涙の塊が下瞼から膨らんでくる。

急いで水を出すと、顔を洗った。洗いながら嗚咽が漏れた——

突然だった。

その気配に体が跳ねた。身を屈めたまま顔を向けると、洗面所の入り口に義父が立っている。

「ケガはないかい」

郁美は息を呑んだ。

「……見ていたのですか」

羞恥のあまり視線を逸らした。

「偶然通りかかってね。あれ、誰なの？」

郁美は水を止めると、恩田のことを簡単に説明した。

「仕事絡みですから、強い態度に出られなくて。それがいけなかったんです」

「可哀想に……」

義父の言葉に驚いた。

えっと顔を上げると同時に引き寄せられていた。

「もうそんな無理をしなくていいよ」

郁美の髪を撫でて顎の下に引き寄せようとしながら、義父は顔をしかめる。

郁美にも解る。髪に煙草の匂いが染みついていた。

「だけど相手が誰でも、あそこまでされたら、すぐに逃げなくちゃ。郁美さんにだって隙があるんだ」

義父は急に厳しくなった。恩田に嫉妬しているのか。それとも恩田に男の欲望をあらわにさせる隙を与えた郁美に腹を立てているのか……。

叱られて郁美は、自然と義父にしがみついていた。

「ごめんなさい。お義父さま。ごめんなさい」

甘えたくなっていた。

「今夜、耀司は？」

「友達の家に泊まるとか」

答えてしまってから、あっ、と思った。郁美はそれでもいいと思った。それが自然だと感じた。

一方、義父は、身を固くした。それから、

「郁美さん、服を脱ぎなさい。綺麗にしてあげる」

自分の言葉に脅えるように声をひそめて言うと、義父は浴室のすりガラスの戸を開いた。

○

「ほぉーっ」

言われるままに服を脱ぐと、義父は唸った。

郁美は、ショーツと肩紐のないブラジャーだけになっていた。

郁美ははっと我に戻ったように手を止めた。

「恥ずかしいです」

あんなことの後で、自分も少し普通ではなくなっていると思った。

恩田に迫られて、自分の体が汚れてしまったような心細さは感じていたが、だからといって言われるまま義父の前で服を脱ぐこともなかったと後悔にも襲われる。

軽率だった。

「お願い。もうこれ以上は……どうしていいのか……ワカラナイ」

下着姿になると、それ以上脱ぐことはできず、郁美は混乱した。

「いいよ。こっちにおいで」

義父は労るような声をだして、郁美を促した。

郁美はタイルの壁の前に立たされる。

「見事な体だな」

唸るような声だった。

「恥ずかしいです」

思わず肩をすぼめると、膝を擦り合わせるようにして腰を捻った。腋の下や背中、うなじに汗が噴き出してきた。湿った全身の肌に、義父の視線がゆっくり這っているのを感じる。

舐められているみたいだ。視線を感じて、身をよじりたくなった。

義父はシャワーノズルをつかむと、下着姿の郁美の足を手で洗い出す。

脹ら脛、膝小僧へと上がってきた。

「ちゃんと立って。脚を少し広げてごらん」

肩幅に開いた脚の間から、こもっていた熱気が、すえたような甘い性臭とともに立ちのぼってきた。

義父がそこへ顔を近づけてくる。

郁美の下腹部で何かがズキリと疼いた。

「濡らしているの？」

「知りません」

声が掠れてしまう。

元彦は湯の出るシャワーノズルを放り捨てると、ショーツの裾から指を入れて、性器の亀裂を検査でもするような手つきで探ってきた。

「アッ……。い、いや」

郁美は腹から力が抜けて、その場にへたり込みそうになる。心地よい疼きが下腹部に散っている。

元彦の指が、亀裂の底を掻く。ブチュと音がたつ。

「アッ……アフッ」

丸々とした郁美の尻が跳ねた。次には腰が砕けたようになり、膝が泳ぎだしてくる。立っているのが辛い。

食い込むショーツは、白地に銀糸で花の刺繍が施されている。紐のないブラジャーもお揃いの柄だ。

普段使いの下着ではない。それは義父にも解るのだろう。

「仕事で人に会うのに、なんでこんな悩ましい下着を着けるんだい」

ふいに義父は尖った声を出して、指の動きを荒くした。

「いやよ、お義父さま、そんなこと言わないで」

誤解されて、郁美は必死に口走った。違う、違うの……。しかしその場しのぎの言い訳にしか聞こえないだろう。久しぶりの外出で、華やいだ気分をかきたてようと身に着けただけだったが……。

性毛に被われた厚い性唇を捲られたり、引っぱられたりする。それからまた内をかきまわされる。

「そ、そんなの……」

陰部は、ますます粘っこい音をたてる。その音の淫蕩さが、義父の荒々しさを煽ったらしい。

「さっきの男といて、こんなに濡らしたんだね。好きでもないのに、なぜだい」

「そんな……違いま――アァッ。もう違います。お願い、信じてください」

義父の誤解が悲しかった。しかし叱責されれば、それほど自分を思ってくれているのかと嬉しく、それが甘え泣きの声になった。顔が火照って熱い。息も乱れてきた。

「可愛いね。郁美さん。可愛いよ。だからあんな男と少しでも触れ合っていたのが許せない。我慢できないんだよ。なんだか意地悪したくなってきた」

郁美の太腿や下腹部に、荒々しく喋る義父の鼻息が吹きかかってくる。

「アッ」

ショーツが引きずり下ろされた。汗に湿って黒い羽毛のようになった性毛が、亀裂を被っている。

隠す前に、義父の太い指で大きく広げられた。

「いやぁ」

粘っこい愛液に貼りつく性唇が、ぺろっと引き離される感触に、郁美は頭が真っ白になっていた。

鮮やかな赤味が覗いている。

「大ぶりだが、形は整ってる」

義父が脚の間に顔を入れてくる。性臭が温かく匂う中、

「むせかえりそうだ。いい匂いだね」

うっとりと、唸るように言われた。

郁美は羞恥しつつも嬉しかった。ジワッと再び濡らした。

舌が伸びてくる。性毛を鼻息でそよがせ、満々と粘液を溜めた小陰唇の縁に舌の先で触れられた。

「ウッン……」

腰が跳ねてしまう。

「さっきの男にこうされても、同じように反応するんじゃないの」

すかさず言われた。嫉妬されるのは嬉しいが、少し執念深いようにも思えた。

誤解を解きたい。

「ち、違う。違うの、お義父さ——ぁ」

舌先を細かく動かして、性唇や陰核をいらわれるうちに、郁美は言葉がもつれてしまい、しばらくは「ア、ア、ア、」と機械じみた調子で高い声をぶつ切りに放ちながら、股間を前後に揺さぶるばかりだ。やがて、

「違うの。私もう、お義父さまだけにしか触れられたくない……。だから、もっと——」

自然と言葉が出ていた。郁美は焦れったくなって、義父の後頭部に両手を回すと、陰部へと強く引き寄せてしまった。思いきって自分も股間を突き出す。

「ウム、ンッ、郁美さん」

義父の口が押しつけられて、熟れすぎた果肉を潰したような感触が、郁美の股間で爆《は》ぜた。

「アァァン、お義父さま、好きよ」

あまりに甘美な刺激に、郁美は口走っていた。思いのない男に体を触られた後なので、よけいに心地よく感じるのかもしれない。

応えるように、義父が厚い尻に両手を回してきた。しばし郁美の股で顔を揺らしている。

「アアッ、だめっ。……すごい」

堪えきれずに郁美は腰で円を描いてしまう。

義父も何かに追い立てられるように、ゆっくりと身を伸び上がらせて、彼女の下腹から臍の穴、乳房の膨らみから乳頭、そして乳の谷間へと、唇を這わせてくる。

最後は郁美と抱き合い、唇を重ねてきた。

唇を割られるまでもなく、自然と互いの舌が絡んでいた。

タイルの床に転がるシャワーノズルからは、湯が流れ続けている。

「お義父さまも、脱いでください」

義父のズボンもワイシャツも、浴室にこもる蒸気に湿っていた。

「郁美さんだって、まだブラジャーをしてるよ」

「お義父さまが先よ」

郁美は胸元を手で押さえると、微笑んで見せた。

「最近、なんか腹が出てね」

義父はズボンを下ろすと言い訳めいて腹をさすりながら、フンッと息を詰めていた。

郁美に体を見られて、羞恥心に苛まれているらしい。

——もう若くない人なんだわ。

郁美も、義父の年齢を意識した。

確かに、自分の豊かに張り詰めて、白光りするような肌の色艶と比べれば、男女の差はあれ、義父の体はたるんでいる。特に二の腕や首、胸元から胃のあたりに、張りがない。

それは事実としても、だから義父に魅力を失うかといえば、違った。

郁美は、初老の男の体を愛しく思った。疲れと老いの滲んだ肉体は好ましい。

そんな初老男のもの悲しさの滲む肉体へ、身を投げ出すようにしてもたれかかっていった。

「お部屋に行きたいです」

郁美の湿った髪は波打ち、整った顔に幾筋か貼りついている。しゃべると、唇の端でくわえた一筋が舌に擦れた。

「郁美さん」

義父に激しく抱きすくめられた。

「解った。今夜は、ずっと離さずにいるよ」

○

「灯りはつけないで」

壁のスイッチを探る義父の指に、郁美は手を重ねた。

「恥ずかしいんです」

ブラジャーだけの自分を見られるのも、全裸の義父と明るい中で向き合うのも、抵抗がある。

カーテンの隙間から街灯の明かりが差し込んでいる。それで充分だった。

奈良に嫁いだ耀司の姉が使っていた部屋。今は誰もいない生活感のない部屋の方が良かった。

ここには、ベッドと机と洋服箪笥が残されているばかり。殺風景で埃っぽい。

「アァ……お義父さま」

マットレスだけが敷かれたベッドに、郁美は押し倒された。

今まで浴室にいて、汗と蒸気に濡れた背に、マットレスの上に薄く積もっていた埃がざらりと感じた。

重なると、上になった義父のペニスが内腿にぶつかる。

あっ……。

その異物感に、郁美は胸が苦しくなる。

「駄目、お義父さま。変になってしまう」

今夜は二人だけと解っていても、今にも家人が帰ってきそうで、我を失うのが怖かった。

互いの素肌が擦れ合うと、汗ばんで吸い寄せ合う。その感触が、抱き合っていると生々しく実感できて、嫌でも興奮が増してきた。

室内の薄暗さは、義父を大胆にさせているようだった。

「そ、それ感じる」

性器の亀裂に指を入れられ搔き混ぜられると、郁美はためらわず義父に快感を告げだ。

「脚をもっと開げてごらん」

言われた通りに脚を大きく広げ、膝を立ててと、つい郁美も仰向けのまま腰と尻を波打たせる。

開脚した股関節が痛むのもかまわずに、股間を激しく揺らしたりしてしまう。

義父は指を動かしながら、体を舐め回してきた。

「アアッ！」

脇腹を舐められて、郁美は身をよじりながら激しく声を出した。けれど誰かに聞かれているような気がして、慌てた。

「ウッ、ウッン、ハッ」

後はもう、自分の指を嚙みながら、小鼻を膨らませて喘ぐのを堪えてしまう。

義父にブラジャーを取られた。

薄闇の中に白い膨らみが、輪郭を柔らかく暗闇ににじませながら現れた。

乳房は、横たわっていても程よく盛り上がっている。乳底が広い。乳輪は厚くふっくらと嵩《かさ》があるが、乳首はこれっぽっちも飛び出ていない。

「かわいいオッパイだな」

言われれば、素直に嬉しい。

義父は、その柔らかさを楽しむように、しばらく両手で揉み込んでいた。

膨らみを絞るようにして、飛び出した乳頭を交互に吸われる。

「お義父さま……」

乳房を与えている歓びに、下腹部までが疼いてくる。郁美は義父の頭を優しく、そっと撫でる。

どうしても、次の行為の期待が膨らんだ。

この人と……繋がる、と。

そして、とうとう義父が顔を上げて、郁美の片脚を抱えた。

「お、義父さまっ」

不自然な体勢にもかかわらず、郁美からしがみついてしまった。

亀頭が膣の窪みにはまると、義父は力任せに腰を突き出してきた。

挿《はい》る——

郁美はアッと、声を出さずに口を丸く開き、顎を突き上げるようにして、その瞬間を待った。

しかし、

「えっ」

義父が短く声をだす。体が強張っていた。

そのままもう一度、下腹に力を入れて股間をせり出してくる。今度も亀頭はガクリと外れてしまう。

「あれ……」

何度試みても挿入できない。勃起が足りないのだ。

郁美はふと、義父母の寝室が違うことを思い出す。

義父は盛んに動きだす。亀頭で、膣の入り口がヌッと押し開かれた。

アッ、今度こそ——

カリ首が潜ってくる。膣口が伸びていく、差し貫かれるという心地よさに、郁美は酔いはじめる。

なのに今度もまた、それはだしぬけにカックリと挫けて外れた。

撫でさすった義父の全身からは、汗がどっと噴き出ていた。

「……お義父さま」

忙しく腰を動かし続けている義父の背を、郁美は優しさを込めて叩いた。

「……ごめん」

すまなさそうな声に、郁美の胸は潰れる。

「大したことじゃないです。それよりも、もっと私を見て」

挿入できるか否かに血眼になる義父が、なんだか可愛らしく思えた。

「優しいんだね」

淡い笑顔を向けると、義父は寂しげな顔のまま、無理やり微笑む。

「こうしているだけでいいの」

義父の心の負担を軽くしたかった。男として盛りを過ぎている彼が痛々しく、いっそう情愛がかきたてられてしまった。

しばらく義父を包み込むように肩に腕を回していたが、郁美は急に引き寄せられる。

義父の胸に顔を埋めた。

○

汗がぬらりと落ちていく。

密着している皮膚の隙間を、どちらのとも解らない汗が伝い流れていく。こそばゆかった。

二人とも夥しく汗をかいている。

「体が冷えてしまう」

タオルぐらい入っているだろうと、娘の残していった洋服箪笥を、義父が開く。

中はがらんとして、ただセーラー服が一着だけ吊してあった。

白地の夏服。リボンは紺色で、ミニ丈のプリーツスカートも揃っている。嫁いだ彼女の高校時代の制服だという。

「着てみれば」

とっさの思いつき。ということは、その口調で解った。

着てみようかな、と思って次には羞恥が突き上げてきた。郁美は薄暗い中、義父の顔を見上げる。

「そうやって羞じらっていると、どうしても着せたくなってしまうよ」

抱き寄せられる。義父は、

「着せたくなってしまうよ」

と、再び呻くように言いながら、乳房を揉む。

「アァァ……ンッ」

肩をすぼめながら、強引に迫られて、郁美は下腹部から甘く疼く刺激が、強弱のリズムで突き上げてくるのを感じた。

「着てごらん。ほら……両腕を上げて」

言われるままにすると、セーラー服を頭から被せられた。

「……おっ」

義父のしめてくれる前身頃のジッパーは、乳房のところまで来ると、もう上がらなかった。

「もうやめて、お義父さま。お願い」

「大きすぎるんだな」

前身頃の隙間から、深い谷間を覗かせる白い膨らみをねっとり見つめ、

「セーラー服って、成熟した体に着ると、いやらしいものだね」

義父はしみじみ言った。

さらに紺色のプリーツスカートも履かされる。ミニ丈から、むっと張り詰めた太腿が剝き出しだ。

郁美は恥ずかしくて、下腹部のあたりで両手を揉むようにして、身をよじる。

「おいで」

勉強机の前の回転椅子に座らせられた。

「これ以上、恥ずかしいことさせないでください、お義父さま……」

郁美は訴えた。甘えた声が出た。恥ずかしくてたまらない。義父のことが恨めしい。

「まだまだ。せっかくこんな格好をさせたんだ。楽しませてもらうよ」

義父の声は上擦り、震えている。鼻息も荒い。興奮して余裕を失っているらしい。

——滅茶苦茶にされてしまう。

そんな脅えを感じた。動物じみて、猛々しくなっている義父に脅威を覚えてしまい、それで逆に金縛りにあったみたいに求めに応じて、回転椅子に座る。

そうやって従順に義父に屈してしまうと、胸が甘く疼いた。

「脚を広げるんだ」

言われただけで、ミニ丈のプリーツスカートの中では、何も履いていない陰部にズキンと刺激が走り、郁美は思わず太腿を擦り合わせる。

ぬちゃりと粘った感触があった。

「さぁ」

「お、義父さま……」

室内が薄暗いのが救いだった。

椅子に座ったまま、少しずつ股を広げていく。スカートの裾が持ち上がっていき、太腿が次第にあらわになる。

「アァ……ハッ」

陰部の疼きが強くなってきた。

義父が言う。

「回転椅子の肘掛けに、両脚をかけて」

「そんなっ、見えてしまう」

「いいじゃないか。僕に見せて」

「いや。見ないで……見ないでください」

そう言いながら、肘掛けに膝を曲げて脚を乗せる。腰が前に突き出した。

「手で隠しちゃだめだよ。見えないよ。ねぇ、今度はセーラー服からおっぱいを出して」

「そ、そんな……」

両手で手はセーラー服の胸元を隠す。陰部から両手が離れたので、隠すものもなく、そこは剝き出しになった。妙に薄ら寒い。

義父が近づいてきた。

——触られる。

郁美は体が震えた。

しかし義父は椅子を回転させ、カーテンの隙間から差し込んでくる灯りの中に、郁美のそこを曝した。

「あっ、だめっ」

意外に明るい。郁美はとっさに腰をよじり、片手を股間に持っていく。乳首に服地が擦れ、根本からよじれて、ジーンと疼く。

「アアッ」

微かに、低い声が漏れた。

「隠しちゃだめだ。セーラー服を着たまま、あそこを見せるんだ。郁美さん」

「そんなぁ」

義父が卑猥な言葉を使ったので、郁美の身はすくむ。

「い、嫌。そんな……もう嫌です。お義父さま、意地悪っ」

いつしか肩で息をして、きつく我が身を抱える。交叉した腕の中で、セーラー服の開いた前身頃《まえみごろ》の隙間から突き出る乳房が揉まれていく。その刺激に誘われて、郁美はさらに両腕に力を入れて、自分でぐいぐい乳房を押し潰す。

「フフッ、どうした」

初めて聞くような、意地の悪い義父の言葉に、郁美は我に返った。気がつけば、肩で息をしていた。高ぶっている。体のどこでもいいから義父に触れて欲しい……。思いが通じたように義父が近寄ってくると、ふいに頭を下げて、剝き出している陰部に鼻先を近づけてきた。

「ウーンムッ」

義父はわざとらしく鼻を鳴らさせる。

「ハッ……」

息を呑み、腰をよじる。太腿の裏に鳥肌が浮かんだ。

義父の鼻息が吹きかかり、恥丘の高い部位に生える性毛がそそけ立った。

片手で隠しているとはいえ、指の隙間から鼻息が吹き込んできて、ぐんなりと口を広げた性唇の内側に満々と溜まった愛液が鼻息に冷やされる。火照っているので、妙に寒く感じる。

「手をどかして」

「いや」

すると義父は、郁美の後ろの壁際に寄せられている机の、引き出しを開ける。

一番上の引き出しに、嫁に行った長女が残した口紅を見つけた。

義父がそれを捻りだす。

濃いローズ色だ。

義父は、郁美の唇にそれを、こってり塗りつける。

「あ――あぁ」

さらにセーラー服から飛び出している乳房をつかみだして、嵩のある乳頭をも口紅で塗りつぶす。

たまらなく恥ずかしい。

「お義父さまぁ」

「悪戯だよ。悪戯」

そう笑ってから、唸るように、

「日頃しとやかな郁美さんだけに、こんな姿は妙に扇情的だね」

「いやぁ。見ないで……」

「いっぱい濡らしているね……。匂うよ」

体中に顔を近づけられて、匂いを嗅がれる。けれど義父は決してどこにも触れはしない。

大股開きで秘部と乳房を曝し、どぎつく口紅を塗った歳不相応なセーラー服姿。自分がこんな状態にいると自覚するだけで、郁美は頭の芯が痺れてくる。

「アンッ、アンッ……アアアァン」

いつしか激しく声をあげながら、脚を広げたまま椅子の上で身をよじっている。そしてとうとう――

「我慢できない。触って。お願い、お義父さま、わたしに触ってぇー」

こんな言葉は初めて口にする。

肩で大きく息を継ぎながら、郁美は哀願してしまった。欲求不満の苦しさのあまり、恥ずかしさも感じない。こんなことを、あと少しでも続けていたら、どうにかなってしまいそうだ。

「さっきの男に、もうさんざん弄くられたんじゃないか」

ふいに、冷たい義父の声がした。聞いたこともないほどの冷徹な響きだ。

「違います。そんなこと――」

「郁美さんだって、前々からあの男が自分にそういう気持ちを抱いているの、それとなく気づいていたんじゃないの……」

いいえ――とは言い切れない。しかし今夜のようなことにまで及ぶとは、考えていなかった。

「誤解しないでください。お義父さま、お願い、私、そんな気持ちは……」

「僕みたいに勃《た》ちもしない年寄りより、あの男の方がずっと気持ちよくさせてくれるぞ」

広げた股に、いきなり義父の手が伸びてくる。欲しくて震えだしそうな秘部に、だしぬけに指二本が根元まで突き入れられ、激しく抜き差しされた。

「アアアーーーーッ」

下腹部がビンと痺れた。

郁美は肘掛けに乗せて折り曲げた膝に両手の指先を食い込ませ、伸び上がるようにして上半身を反らしていく。

数回、大きく抜き差しされる。ビチャッと、愛液の音がした。

「アウッ」

郁美が鼻にかかった喘ぎ声を漏らしたとたん、義父は根元まで埋めて指を止めた。

「アンッ、いやぁ」

「熱いよ……この中……」

二本の指の関節を、膣の中で曲げられる。

「お願い、お義父さま。もっと……」

しかし義父は怖い顔のまま、指の動きを止めてしまう。

「いやぁっ……」

郁美はせつなさのあまり腰をよじった。

義父が急に冷たく意地悪になったのは、恩田とのことを嫉妬しているからだ——と察せられて、郁美は義父が自分を嬲《なぶ》るのが、そのまま自分への愛情の裏返しだと理解していた。

すると嬲られることに異様な快感を覚えてしまう。同時に、義父を苦しめたことが申し訳なくて、せつなくて、どんなに嬲られようともかまわない、義父にどんなことだろうとしてあげて、怒りを償いたいという、自己犠牲の甘美な陶酔に襲われる。

「アァァン、お義父さまごめんなさい。許して。何でもしますから……。ねぇ、お願い。私が悪かったんです」

甘えてアンアン呻きながら、陰部に指を差し込んだままでいる義父の腕を両手で撫でた。

郁美はマットレスだけのベッドに連れていかれた。

まずは義父が大の字になった。

「ずっと舐めること、できるかい」

試すような口調に、郁美は絶対に口から離さないと言って、義父の脚の間に跪《ひざまず》いた。

一物は、六から七割ほどの勃起具合か。しかし先からとろりと透明の粘液を噴き出している。

舐めると、少ししょっぱい。

「アアッ、お義父さま……。お義父さまぁ……」

自分を嬲ってこれだけ先走ったのかと思うと、郁美はカーッとして、頭の中に考えが巡らなくなった。ただもう、義父に快感を与えたいという思いでいっぱいで、唾液をしぶかせ、付け根が痛くなるほど舌を絡ませていく。

さらにくわえたまま、頭を激しく上下に振る。

「ウッ……オオッ、いいよ。すごくいい気持ちだ」

完全に勃起しきらないが、義父の感度は落ちてはいないらしく、愛撫に若々しく反応してくれる。

勃起しきらないからこそ、その先の射精も訪れない。

「嬉しいわ。お義父さま、ずっといつまでもこうしてしゃぶっていられるんですもの……。嬉しい。ずっと口に入れていたいの」

合間合間に口走りながら、一物に頬ずりする。淫らな告白をすることで、郁美は興奮してくる。

「嬉しいよ。郁美……。嬉しい。好きなだけやってくれ」

顎が痺れ、感覚が麻痺しそうだ。舌の表面もヒリついてきた。が、そんな苦痛を堪えて延々と行為を続ける。

「ウウッ、好きよ。美味しい。お義父さま」

仰向けの義父の腰に両手をあてがい、焦れたように咽の奥まで入れていく。

「いいっ。オオッ……」

義父の大きな手に頭をまさぐられる。やがて──


唇が腫れて、厚ぼったくなった感じだ。

義父の腰がときおりピクリと跳ねる。自分の行為に反応し続けてくれるのが嬉しい。

しだいに頭の中がぼやけてくる。

使いすぎて感覚が麻痺した顎と口の中。舌の感触……。

それでも義父のペニスに舌を絡ませる……。

郁美はいつしか唇を半開きにして義父の陰茎をくわえたまま寝込んでしまった。

第四章　綿紅梅の浴衣

「わぁ、素敵ですね」

見せられるなり、華やいだ声を素直に出した。

「綿紅梅《めんこうばい》という生地だよ」

薄手だがデコボコとした木綿生地なので、浴衣にはうってつけだという。

紺地に、露草《つゆくさ》色というのか、美しい青の紫陽花《あじさい》の柄だ。

「裏の、あのお婆さんが？」

「いや、死んだオフクロが昔から持ってたもので、ついに箪笥の肥やしになっちゃったんだ。本人は浴衣にするつもりだったんだろうけれど、ついつい仕立て忘れているうちに自分が年取って、柄が派手で似合わなくなってそのまま……」

義父は笑う。

「そんな大切なもの、いいんですか？」

「あぁ、句会サークルに和裁のできる人がいてね。その人に頼もうと思って」

「……」

「郁美さんの浴衣をさ」

郁美は顔中で微笑んで、それを感謝の言葉に変えた。

「お義父さまの、お母さまのものを……嬉しいです」

「うちの嫁なんだから、着てもらいたい」

義父の言葉には、彼自身の妻、耀司の母親の存在が抜けている。

「嬉しいです」

郁美は繰り返す。誇らしかった。

「今夜、句会の集まりがあるから、さっそく頼むよ。ほら、駅前に元は煙草屋だけど、花の種とか、菓子パンだとかインスタントラーメンなんかも売っているひなびた店があるだろう。あそこの奥さん、といってももう七十は越えてるか、その人だよ」

まだこの町の地理や住人に疎い郁美に、義父はよく町内の様子を教えてくれる。

「私、この間、あそこのお店でチョコレート買いましたよ。懐かしいような昭和の雰囲気のお店でしょう。思わず入ってしまって」

そんな会話が、楽しかった。

何よりも、死んだ母親の残した反物で自分に浴衣を作ってくれるという義父の思いが嬉しい。

「それはそうと、今週の日曜日、椿が来るよ」

「えっ」

「ほら、忍冬を見に夜庭に出た時、郁美さんが片足突っ込んでしまった穴があったじゃないか……」

「あぁ。あそこに、いよいよ植えるんですね」

どうしても、その後に義父に濡れ縁で汚れた足を洗ってもらい、激しく乱れたことを思いだしてしまい、郁美は羞恥に頬が強張る。

義父も同じ思いだろうが、さりげなさを装っている。

「植木屋が来るからね。半日もかからないだろう、ちょっと騒がしくなるが、仕事の邪魔にならないかな」

「そんなこと。楽しみだわ」

○

乙女椿。淡いピンクの千重咲きの花を咲かせるという。

が、今は時期ではないので艶やかな厚みのある固い葉ばかりが茂っている。

「蕊がないんだ。だから花が終わっても種ができない。挿し木で増やすしかないんだ」

植木屋が二人で作業するのを見つめながら、義父は郁美に説明した。

案外と植物には詳しいようだ。

「蕊がないと言うことは……つまり」

郁美が考え考え言うと、

「普通はひとつの花に雄雌がいて、子供の種ができる。この椿は蕊がないから、つまり」

「だから乙女って言うのかしら」

義父は笑った。

花の話は、しようによってはきわどいものになる。

郁美は慌てて持ってきたお盆を濡れ縁に置くと、植木屋の二人に声をかける。

「お茶とお菓子です。ポットも置いておきますから」

一家の主婦的な役割を果たす自分を、義父が目を細めて見ていることに、郁美は誇らしいような嬉しさを感じた。

椿は郁美の背丈よりも少し高いぐらいだった。もっと大木をイメージしていたので、親しみを覚えた。

植木屋も帰った夕方、新顔の椿は、もう以前からそこに植わっていたように庭に馴染んだ姿で西日を浴びている。

郁美は青々とした茶のある葉や、枝を何枚もスケッチして、しばらく木のそばにいた。

異変を感じたのは、入浴をすませてからだ。乳液を腕につけていると、うなじのあたりが熱を帯びてくる。

触れると肌が腫れたような違和感がある。

「……やだ」

触っているうちに、猛烈な痒みと痛みに襲われた。

驚いて合わせ鏡で見ると、真っ赤にかぶれていた。

「わぁ、どうしたんだよこれ」

珍しく在宅していた耀司も驚く。

「解らないわ……。急になの」

郁美は、効き目が期待できそうもなかったが、買い置きの軟膏を塗り、氷水で冷やしたタオルを当ててうつ伏せで眠った。

あまりよく眠れなかった。

翌朝は、いつもの時間に階下には起きていかなかった。

月曜日だが休日だった。

義父は午前中にどこかに行き、すぐに帰宅した。

「郁美さん、できたよ。浴衣。下りておいで。帯もあるから着てごらん」

うなじのかぶれはまだ治らない。郁美は濡れタオルをそこに当てたまま、しかたなく階下へ行った。

「どうした」

義父は郁美の浮かない顔にすぐ気づいた。見せたくなかったが、首の後ろに持っていったままの手を退けて、タオルを取ってみせる。

「あぁ……チャドクガだな。昨日の椿についているんだ。郁美さん、夕方、いつまでも木の下にいたろう。あの時知らないうちに刺されたんだよ」

山茶花《さざんか》や椿の葉の裏にいる毛虫だという。

「あの植木屋、消毒を怠ったな。さっそく電話しなきゃ。それより医者が先だな」

「でも今日は休日で」

「古くから知り合いの皮膚科がいる。彼が家にいれば見てもらえる。そんなんじゃ、辛いだろう」

義父は車を出した。

古い皮膚科だった。運良く医者は在宅しており、郁美は処置してもらえた。薬を塗られ、最低でも一週間は処方した塗り薬を使うように言われた。

義父もそばにいて、様子を見ていた。シャツの胸元をくつろげて、身を屈めて首筋を医者に差し出す。郁美は終始義父の視線を感じて頬が熱くなってしまった。

「この季節は多いんだよ。チャドクガにやられる人が」

医者はそう言うと、「お嫁さん？　ご長男はいい人もらったね」と、義父に顔を向けた。

○

「大丈夫だ。気にするほどじゃないさ」

「だけど、せっかくの浴衣が……」

医者から帰宅すると、義父はできたての綿紅梅の浴衣を着て見せてくれとせがんだ。

耀司はすでにどこかに出かけた後だった。

しかし襟からかぶれた肌が覗くので、郁美は躊躇した。

義父はそんなこと何でもないと言う。

郁美の肌は白く、肌理が細かいので、赤味は目立った。そんな醜悪なものを見せたくなかった。

なのに義父は執拗だ。とうとう根負けして浴衣に着替えた。

「もっと抜き衣紋《ぬきえもん》にして」

かぶれを隠そうと襟をきっちり重ねると、いわゆる『襟を後ろに抜いて』着るように言われた。

「芸者さんみたいに？」

義父は笑った。

郁美はしかたなく赤くなった肌が見えてもかまわず襟を抜いて浴衣を着る。恥ずかしかったが、義父に根負けした。

義父は浴衣姿をしばし目を細めて見ていたが、やおらソファから立ち上がり、背後から抱きしめてきた。

「いや」

間近でかぶれた肌を見られるのは苦痛だった。本気で拒んだ。しかし義父の腕には、それ以上の力が込められている。

「あっ」

手込《てご》め、という旧い言葉が浮かんだ。浴衣を着ているせいだろう。ズキッと胸が疼いた。

「解らないんだろうね。可愛いんだよ。特別に綺麗な肌の一部が赤く腫れて、見ていてこっちの胸が可哀想だと甘く疼くんだ。美しすぎるものに一点の汚点が加わると、愛しくなる。それを本人が恥ずかしがっていると可愛くなる……。綺麗だけじゃない方が可愛い。浴衣姿も、かぶれた肌も、元からの綺麗な肌も……。今日の郁美さんは最高だ」

義父はなにか詩のようにも聞こえることを言いながら、背後から浴衣の襟を左右にはだけさせ、乳房を揉んでくる。

「あっ」

さらにはかぶれたうなじに唇をつけてきた。

「綺麗なものが一点崩れる……汚れていく……綺麗な郁美さんが……」

郁美はソファに座らされて、大股を開かされた。ショーツを脱がされる。

ソファの隣に、義父は座る。

初めはうなじを撫でていたが、横から身を伏せてきて郁美の陰部を舐めたり、はだけた胸元からこぼれる乳房を吸ったりする。

「お、お義父さま……ねぇ、もう私」

郁美も肌の炎症のことも忘れ、片手を義父に伸ばす。

義父が自らズボンのジッパーを下げて、一物を取り出した。それを握り、ゆるゆるとしごきながら、郁美は胸元や内腿を舐められ続ける。

二人はいつしかソファの上で複雑に手脚を絡ませていた。あがったばかりの浴衣には、二人の汗が染み込み、皺くちゃになっていった。

○

夕方、家の前にタクシーが停まり、見ると義父が降りてきた。

こんな早い時刻に、わざわざタクシーで帰宅することなど初めてだ。

郁美は気になって玄関から表に出た。

義父はちょうど釣り銭をポケットに入れながら車から降りたところだ。

「お義父さま」

こちらを見た彼の顔は、心なしか色が悪い。

「どうかしましたか」

「いやね……」

心なしか重い足どりでゆったりと家に向かいながら、義父は話す。

「今日は会社の定期検診だったんだ。去年と同じく何も異常はないと思ったんだが、血圧が異常に高いって言われて」

「まぁ……それで」

郁美は思わず歩きながら義父の片腕を握っていた。

「うん……自覚はないけれど」

「お医者様に行かないと」

「そう言われてこんなに早く帰ってきた」

「車、出します」

「一緒に来てくれるのかい」

「あたりまえです」

受付終了間際、滑り込みで診察してもらえた。

待合室で待っていると、いくらかさっぱりした表情で義父が出てきた。

同時に郁美は立ち上がる。

「どうでした」

苦笑いが返ってくる。

「血圧の薬、あれは飲み出すと一生飲み続けるんだ。知ってるかい？　終わりがないんだよ」

「それで……血圧の方は」

「落ち着いた。薬を飲んだからね」

「飲まなかったら？　また上がるんですか？」

義父は弱々しく笑い、

「もう、そういう歳なんだな、僕も」

郁美は励ましたくて義父の手を握りたかったが、受付の看護師や、精算待ちの他の患者の手前、労るように彼の肩に手を回してソファに座らせるのが精一杯だった。

運転するというのをやめさせて、帰りも郁美がハンドルを握る。

梅雨晴れの空が薔薇色に染まっていた。

「気持ちのいい夕暮れだ。少し遠回りをしていくか」

「はい」

○

その公園の奥には噴水があり、円を描いてベンチが取り囲んでいる。ベンチの後ろは芝生があり、そのすぐ後ろが生け垣だった。

初めて来る場所だ。

ずいぶん遠くまで来てしまった気がする。

噴水のまわりを半分も歩いた頃、周囲は薄暗くなってきた。

今のように肌を出すような季節、暗くなってからのそこは、アベックのたまり場になるらしい。

ふいに郁美は義父に腕を取られた。

少し驚きながらも、その思いを隠して、義父の体を気遣い噴水の回りをゆっくり歩く。すでにどこのベンチも若い男女が座っている。

義父が止まる。

具合でも――と、言いかけた時、

「えっ」

肩を摑ませ引き寄せられる。噴水を前にして、義父は立ったまま郁美に唇を重ねてきた。

「いやよ、恥ずかしいわ。見てる」

「どれもカップルばかりだ。似たようなことしてるじゃないか」

確かに、おのおののシルエットは絡み合い、暗がりの中で重なり合っている。しかし皆若い。郁美よりも若い男女ばかりだ。気恥ずかしくなってしまう。

「郁美。こうしてみたいんだ」

唇を吸われながら、そんなことを囁かれた。人が見ています——という言葉を、郁美は呑み込んだ。

義父は、ふいに体調を崩し、老いが迫ってきていることを痛感しているのだろう。脅えているといってもいいかもしれない。それに対抗するのに、こうして若やいだ、思いきった行為をしているのだろう。

郁美は胸が詰まった。

彼女自身、もう他人の視線などどうでもよかった。

いつしか自分からも義父の二の腕を摑んで、つま先立って伸び上がり、舌を義父の口に入れている。

薄目を開けると、視界の隅に、こちらへチラチラ視線を投げかける若者の姿を捉えた。

見られている。意識すると恥ずかしさにいたたまれなくなり、ますます義父にしがみついてしまった。

「……郁美」

義父が身じろぎすると、湿ってなまあたたかい外気の中に、むっとする枯れた雄のすえた匂いと整髪料が混じり合って匂いだす。その香りに包まれていると、義父と男女の仲になったことを強く意識する。

郁美は頭の芯が、キーンと疼いて、真っ白くなる。

第五章　義父と夫と

珍しく、耀司が居間でテレビを見ている。

郁美は自分と義父の食器を洗いながら、耀司の分の食事を火にかけていた。

夕飯がすんだところに耀司が帰宅したのだった。

今日もまた外泊かと思っていたので、郁美は少々慌てた。

義父と二人の生活に慣れてしまった。耀司がここにいるのが、不自然に思えてしまうほどに。

「お味噌汁、温まったけれど。よそう？」

耀司の背中に声をかけた。血圧の高い義父のことを思ってかなりうすい味にしていた。

義父は自室に引き上げたらしい。姿が見えない。若い自分たちに気を遣ったのかと思うと、複雑な心境だ。

「いや、まだいいよ」

耀司は画面を向いたまま、どこか上の空で応えた。

「私、仕事が少し残っているから、上に行くからね」

職のない耀司に、『仕事』という言葉は禁句だなと思いながら、つい口から出てしまった。が、案外と耀司は何もなかったように、生返事を返してくるだけだった。テレビに気を取られているらしい。

郁美は二階に上がった。

階段を上がりきったところで、耀司の姉が使っていた、今は誰も使っていない、あの部屋の扉が、だしぬけに開く。

ぎょっとした時には、すでに義父の黒い影が伸び上がるように室内から現れて、包み込まれてしまう――

ガチャッと鍵がかけられて、郁美は改めて慌てた。

「お義父さまっ」

何をする気かと、傍らの義父に声をかける。階下の耀司を気づかって、息を殺した声だった。

郁美は手を取られる。

「ほら。解るだろう。こんなに……」

郁美の手の平に、ズボンの上からでも固く反り返っているのがはっきり解る陰茎が押しあたっている。

「……これ」

思わず指を曲げて、それをぐっと握る。

「オオッ。感じる」

義父は淫らに呻いて、腰を震わせた。と思うと、忙しい手つきでズボンと下着を脱ぎだした。

「……お義父さま、何を」

「さっ、早く。早く」

耀司の姉が使っていた勉強机の前に立ちすくんでいた郁美は、義父に抱きすくめられ、机の縁に浅く座らせられる。

義父はせっかちにスカートを捲り上げると、ショーツを引きずりおろす。

「待って。下に耀司さんが」

股を開かせられ、片足を机に乗せられて、郁美は慌てて告げた。同時に、剝かれた陰部に外気が触れて、ぞくりとした。

「ようやく勃起したんだ」

今度は何時こんなになるか解らない、と、義父はこちらの言葉に耳を貸さない。

「ほらっ」

せかせかと下半身から服を脱ぐと、股間を密着してくる。

亀頭が、郁美の性器の亀裂の内側に押しあたる。

確かに、固い……。

すぐに膣を押し広げるようにして、潜り込んでくる。

「ハァ、ァウッ」

とっさに郁美の尻が、机から浮き上がる。上半身が伸び上がって、のけぞってしまう。すぐに義父が腕を背に回して、抱きかかえてくれた。

「いやっ」

郁美は、義父にしがみついた。思わず出してしまいそうな大声を、義父の首に顔を埋めて紛らわす。

義父は、僅かに浮いた郁美の尻と机との隙間に両手を差し込むと、郁美の臀部を抱え持つようにして、上下に弾ませる。

「ほらっ。どうだい……いいか？」

義父もひそめた小声だった。しかし体の動きは大胆だ。

「……ウッ」

郁美は顔をぐしゃりとしかめた。

貫かれている——と、はっきりと感じる。腹の中を搔き回されているといった感覚が濃厚だ。思わず義父の手に乗せている尻に全体重をかけて床から浮かんでいる両足の先を突っ張らせた。

——おかしくなりそう。

思えば初めてだ。義父と、初めて繫がっている。郁美はそれだけで高ぶった。玩具でない、生の男の持ち物の肉感や固さがたまらなく心地いい。

大股を広げて、自分からも腰を動かしながら義父を迎え入れようとする。

もっと、もっと……と、固く反り返るモノで、さらに股の中心をこれでもかと突き上げて欲しい……。

「お、お義父さま」

義父の背中と腰に両手の指を立てて、さらにしがみつくと、一定のリズムで、力強く弾んでいる義父の腰から臀部の動きを感じる。

「もう駄目……声が出そう」

義父の律動の意外なまでの若々しさに、郁美は戸惑った。引っ張り込まれてしまう。

「これ以上は……だめ、もう。ねぇ」

階下に耀司がいる——郁美は、そう目で訴える。

義父は強く腰を打ちつけてきながら、郁美を見つめていた。奥歯を噛みしめているらしい。閉じた唇は、口角がぐっと左右に引かれていて、まるで怒っているようだった。しかし目は潤んで、細められている。

「アアッ」

繋がりながら、その相手と見つめ合っている……。胸が疼いた。郁美は羞恥を覚えていたたまれないが、それがまた刺激的だった。

小声で口走る。

「もっと……もっと喘ぎたい」

我慢できない。声を出したい。思いきり喘いで、そんな声を義父に聞かせながら、激しく身を揺らして睦み合いたかった。

が、同じ屋根の下にいる耀司の存在が、郁美に歯止めをかけていた。

しかし義父はなおも激しく突き上げて、さらに根元まで埋めたまま腰を回す。

「うっ」

耀司の気配に気を配り、喘ぐに喘げないのを承知で、行為を濃厚にしていく義父が恨めしい。官能が高まって、それを発散できずに苦しんでいる自分を、義父は腰を揺すりながら見下ろしている。

——この一物で、嬲られている。

郁美は妙に高ぶっていく。初めて知る快感だった。

——たまらない。

思わず尻を力ませた。膣を締める。義父を困らせるというのか、意地悪をしてやるというのか、興奮の行き場がなく、ついしてしまったに過ぎない。

さらに郁美は、

「ほんとうはね、ほんとうはね、お義父さま。こうして思いきり突いてもらいながら、私滅茶苦茶に奥まで突いてって、言いたいの。大きな声でおまんこがとろけそうにいい。感じておまんこがヒクヒクしちゃってるって言いたいの」

興奮のあまり、郁美は小声ながらも卑猥な言葉を連続して口にした。

「オムッ」

律動が一瞬止まる。郁美は義父が反応したことに歓びを感じた。

「郁美」——とも、「いいよ」とも聞こえる言葉を口の中で呟くと、義父は再び動く。

前にも増して激しい。

郁美は体全体を揺らされる。その震動に、机が揺れて、ガタガタと細かく重たい音をたてた。

「あっ、だめ。下に――」

たまらず義父をたしなめかけて、唇を塞がれる。

「ウッ、お義父さま……」

「嬉しいよ郁美……。オッ、オオッ」

とうとう郁美は机の上に背中を着けて、仰向けになった。両脚は義父の腰を挟んで大きく左右に広げたままだ。

立ったまま律動を続ける義父は、上半身だけ突っ伏して、まだ服を着たままの郁美の上半身に身を乗せていた。そうして唇を吸う合間に、歓喜の呻きを漏らしている――

郁美は頭の中が真っ白く濁っていった。

こんなことをして義父の血圧は大丈夫なのか。そんな不安も消えていく。腹の中で子宮が浮き上がるような妙な感覚に襲われる。初めてではない。でもいつも、どうしてもその先へ行けない。

「アアッ、出そうだ」

義父が呻いて、両手にのせている郁美の臀部に指先を食い込ませてきた。握りしめるには、郁美の尻はあまりに大きい。それでも義父は指先を強く食い込ませてくる。その臀部への刺激がたまらなくよかった。

「イ……イクッ」

頭がのけぞり、一言、激しく言葉が口を突いて出ていた。腰を自分から激しく揺すっている。机が震動して音がしているはずだが、止められなかった。

——な、なにこれ。この感じ、何なの。

「郁美。出るよ」

絶頂に達している最中、一物が引き抜かれ、そそけ立つ陰毛の中に、どろりと温かい粘液が滴り落ちた。

膣はまだ広がったまま、ぽっかり空洞ができているように感じられる。

「アアッ」

と喘いで自然と下腹部に力が入ると、その空洞の奥から愛液がねとりと押し出されて、流れ落ちている。

まだ、義父のペニスが挟まっているようだ。脚をきつく閉じていても、挿入感が取れずにいる。

○

「……ねぇ」

隣から声をかけられて、郁美はギクリとなった。

「郁美ってば」

耀司が身を起こす。郁美は彼に背を向けて寝ていた。返事はしなかった。

「起きているんだろう」

肩に手が置かれた。瞬間的に身を強張らせてしまった。

それで郁美が目覚めているると、耀司も解ったようだ。

「ねぇ、なんで返事しないんだよ」

体を揺さぶられた。

体の隅々に気怠く残る、義父との交わりの体感。それをベッドに横になってから味わっていたのに……。

「なぁ、たまにはさ……」

胸元に手が伸びてきて、乳房をまさぐられる。

いったい、いつ以来だろう。

よりによって今夜に限って求めてくるのが、偶然の符合とは思えなくて、郁美はひやりとした。

――まさか、知られているのかしら。

そう後ろめたく思って、初めて義父との関係が不倫だということに気づく。悲しかった。

「ちょっと、何しているの？」

耀司が自分の肉体に触れるのはしごく当たり前のはずなのに、今の郁美には不自然なことに感じられる。そんな自分の感覚に、彼女はまた驚かされる。

「ずっとしてなかったじゃないか」

うなじに吹きかかる耀司の息のなまあたたかさが、ふと不快に思える。

疲れているの――と、言おうとして、口をつぐむ。

事実、郁美は疲労していた。しかしそれは義父と交わった疲れだ。

一日に続けて二人の男の人と――

自分がひどく淫らだと感じて、郁美は自己嫌悪に襲われる。

目をきつく閉じて、耀司にされるがままになる――

郁美は、今の季節はキャミソールに伸縮性のある木綿のホットパンツといういでたちで眠る。

耀司にまさぐられて、キャミソールの肩紐は左右共に外れ、裾も持ち上がって、ただただ横皺を作った布地を乳房に巻いているような状態になってきた。

しばし胸を揉むと、耀司の手は唐突にホットパンツに伸びる。短い裾から指先を潜らせると、すぐに陰部に触れてきた。

「……アッ」

ショーツが両脚の付け根に痛いほど食い込んでいた。膨らむ恥丘に、布地がぴたりと皮膚のように貼りついている。

そこに耀司の指先が触れ、性器の亀裂に指先が押し込まれる。内側で、グリグリ指先を回される。

「どうしたの。すごい濡れてるよ」

面白がるような声だった。

「……えっ」

「すごいしたかったんじゃない？」

からかうような耀司の声が、卑猥で嫌だ。

「違う。そんなんじゃないの。お願い、今日はやめてよ」

堪えきれずに邪険な声を出してしまった。その時にはもう、ショーツの股布の脇から指先を入れられて、亀裂の内側を直接まさぐられていた。

クリトリスを根元からよじっていた耀司の指が、ぬらりと滑った。

「いゃ」

これは、耀司に触れられて溢れた愛液ではない。義父を思い、交わった後の醒めぬ興奮にじくじくと湧いてきた愛液だ。

「お願いやめて。嫌なの。今夜は絶対いやなのよ」

さっき義父を受け入れたばかりで、今またその息子の、耀司と交わるのには、さすがに抵抗がある。

堪えきれずに激しい調子で口走ると、まとわりつく耀司を振り払うように身を揺すった。

自分を抑えられなかった。

「……どうしたの」

耀司が白けた声を出す。

郁美はほっとした。

「ごめんなさい。だから今日は、ちょっと」

解ったよ、と、口の中で言葉を転がすと、意外にもあっさりと、耀司は背中を見せてくれた。

ほどなくして、彼の寝息が聞こえてくる。今夜の誘いは、ほんの気まぐれだったのだろうか。欲望を燃焼しなかった未練など露ほども感じさせない、健康的な寝息だ。

反対に、郁美は目が冴えてしまった。

耀司の気まぐれで中途はんぱにいじくられたせいで、燻《くすぶ》っていた官能に、ふいに火がついた。

「……」

片手の指先を揃えると、そっとホットパンツの中に潜らせた。ジャリッと性毛を掻き分けながら、亀裂に触れると、すぐぬらりと温かなぬめりに指先が滑る。

耀司が言ったように、夥しく濡れている。

郁美はクリトリスを摘んだ。そのまま擦りあげようとして、愛液に滑ってしまう。しかたなく、指の腹で、その突起を震動させる。ときおり爪を使って弾いた。

「……ッ」

声が漏れそうになる。必死で堪えながら、目を閉じて、義父との交わりを思い出す。耳元で聞こえた義父の、感極まった声。呻き声。日常では見ることのない、激しく前後する腰の律動……。

――お、お義父さま。

掛け布団の中で、激しく動かす手擦れに合わせて、ショーツや寝具が音をたてる。微かだが、ベッドが震動している。

――耀司に気づかれちゃう。

幾度となく心臓を冷たい手で握りしめられる心地に襲われたが、自慰は止められない。

郁美は陰部を弄くりながら、体をひくつかせ、いつものようにクリトリスで密やかに絶頂感まで登りつめていく。その最中、閉じた瞼の裏に浮かべている男は、もちろん義父だった。

○

風呂場から鼻歌交じりに湯を流す音が聞こえてくる。

郁美は台所で夕飯のお菜を簡単に整えながら、浴室に行こうかと、また迷う。

義父は明日から数日家を空ける。二泊の出張だが、関西方面に行くのと、帰りがたまたま週末が重なったのとで、出産を控えた娘の元にさらに一泊することになった。

たったの三日間が、今は長く感じられる。

「……」

なんの歌だか知らないが、義父は湯の音をざぶざぶ跳ね上げながら、機嫌よく口ずさんでいる。

やはり、近く孫を産む実の娘と会うのは嬉しいものなのだろう。

郁美は少し寂しい。

耀司も、相変わらず留守をしている。本当にもう仕事を決めないといけない、とは出掛けに言っていたが、就職活動をしに行ったようにも見えなかった。

今晩は帰らない、とも言っていた。

郁美は菜箸を置くと、脱衣所に向かう。

「お義父さま」

浴室の扉を開けて、声をかける。

そこに全裸の郁美を見つけて、義父は表情を変える。

驚いたような無防備な顔に、たちまち好色そうな笑みが浮かんだ。

他の男がそんなふうに自分を見たら、とても耐えられないだろうに、義父だと、それが嬉しい。自分が義父を興奮させていることに歓びさえ感じる。

そして、郁美は淫らな気持ちが膨れあがってくるのだ。

「耀司は？　どうした」

「泊まりですって」

「おいで」

抱き寄せられる。義父の肌は入浴の最中で、濡れてしっとりと潤っている。

さほど広くもない浴槽に、二人で入った。まず義父が浴槽の片側に背を着けて、脚は伸ばすには狭いので、両膝曲げて広げる。その間に郁美が、義父の胸に背中を預けるようにして座り、やはり膝を曲げて両脚を前に出す。

「赤ちゃんみたいだ」

すぐに背後から手が伸びてきて、乳房を揉まれる。

「……ンッ」

「ここからお乳が出たら、飲んでみたいな」

乳首を摘まれて、クニクニとよじられた。

温かな湯の中で、乳首は固く凝っていく。

「アアァ、お義父さま……」

郁美は手を背後に回し、尻に押しつけられている半勃ちの一物を捕まえた。強く握ると、ズクッと、躍動した。

「アアッ、すごい。すごいわ……」

郁美は湯の中で後ろ向きに座り直すと、義父の胸に身を擦りつけていく。

「今これ、ビクビクしたのよ」

ペニスを握り直す。

「そうかい。郁美さんの手だからだよ。そうやって、ただ握られていても気持ちいいよ」

指を食い込ませると、義父の下腹部がウッと強張る。手の平に陰茎の躍動感が、今度は立て続けにズクズクズクッと感じられた。

「ヤッ、す、すごい」

郁美はとっさにおびえに似た気持ちに捕まり、思わず手を離した。すぐに義父にしがみつき、彼の胸元を撫でる。

中肉中背の、やや大柄な方になるだろう義父の体は、一見するとまだまだ固く張り詰めてはいた。

しかし今のように間近に触れると、胸の乳首の回りや、二の腕や、顎から頸にかけて、皮膚と肉の弛みが始まっている。

胸元などは、触れてもまだ固い。それでも皮膚が柔らかく、間近で見ると皺を作ってたるんでいる。明らかに昔はもっと筋肉があったのだろう。

郁美は、義父がさっきから湯の中でやたらと体を強張らせているのに気づいた。

——なるべく筋肉を強調させて、体の張りを強調したいんだわ。

自分の衰えを相手に気づかれたくないと懸命なのだろうか。義父の必死さが可愛らしくさえ思える。

郁美は自分の若さを感じた。初老以上の男たちが、一回り、二回り年若い女と関係を結ぶ際、そんなふうになるのだろうか。

「お義父さま……」

郁美はゆっくり義父の胸元を撫で回す。義父の乳首ぎりぎりに湯面があった。ときおり湯をすくって肩まで手を滑らせる。

年齢の引け目を感じているらしい義父を労り、安心させたくて、優しく撫でる。

浴室には、むしむしと蒸気が充満してくる。

義父は郁美を抱き寄せて、背中に手を回してくれている。

「耀司さんを……その、私は拒んでしまいました」

しばし義父は無言でいてから、

「それはいけない」

戸惑うように言われてしまった。

「でも……」

義父の反応が思いがけなくて、郁美はひやりとした。

「いけなかったですか」

「……あぁ」

「でも——」

郁美は再び義父の一物を湯の中で握ると、

「二人の男性を同じ時期に受け入れるのは……できません」

追い詰められた気持ちで言葉を押し出したのに、義父は握られた心地よさに喘ぐ。

「オオッ。感じるよ」

「そんな、もう」

郁美はいくらか甘えた声を出して義父をなじりながら、身を擦りつけていく。

「お義父さま。もぅ、お義父さまってばぁ」

怒ると、情感が高まった。ペニスにますます指をきつく絡ませると、激しくしごく。激しさに、なじる気持ちを込めた。

「い、郁美。ウォッ」

義父も追い詰められたように短く声を漏らすと、湯をしぶかせて発作的に郁美を抱きしめてくる。

「あっ……」

郁美もむしゃぶりついた。

「嫌なの。もう、お義父さまでなければ、だめなんです」

声が、タイルの壁に反響する。

甘えて訴えながら、体を擦りつけていく。これ以上くっつきようがないほど義父と密着する。

まだ若い女体の、盛り上がる乳房や、肉付きのいい二の腕の内側などが、肉の落ちはじめた初老の男の肩や胸板をたわませていく。義父の太腿を跨いで恥毛を擦りつける。

「んっ……ほら」

義父が湯の中で片方の膝を折り、突き出してくる。

「アアッン」

郁美は尻をつかまれ、こっちへ来いと言う義父の手に力が入る。

義父の膝が股に押しあたった。女性器の亀裂がくしゃりと割れて、内側の柔らかな部位が、固い膝にごりごりと押しあたる。

湯の中なので、ほんの少し動けば、浮力で体が浮き上がる。そこを自分から腰を沈めて、前後左右に動いていく。

義父の膝の、俗にお皿と呼ばれる箇所と、恥骨とが擦れ合っている。

性唇や陰核などの柔らかな部位は、ぎゅうぎゅうと潰されて、湯の中で溶け散ってしまいそうに感じられる。

「アアッ、お義父さま、気持ちいいです」

郁美はますます腰を揺すっていく。湯船の湯が大きく揺れて、音をたてて跳ね出した。

「ぬらぬらしているのを、膝に感じるよ」

言われて恥ずかしくなる。確かに、粘っこい愛液が湯船の中でもしっかりと溶けずに滑っている。

恥ずかしかったが、同時に嬉しかった。不感症ではないが、こんなに濃い愛液をいつも分泌するわけではない。この間は潮を吹いた。そんなことは初めてだった。義父と触れて体が変わっていくのが解る。

「アァッ、どうしたらいいの。私――」

義父への情感が堪えようもなく膨らんで、無我夢中で首筋にしがみつき、あちこちに唇を押し当てる。果てなく興奮してしまって怖いようだった。

「お義父さま……ねぇ、アァもう、だめ」

甘えきった声を出した。

「そんなに、気持ちいいのかい」

尻を、ぎゅっと握られた。

その刹那、ビーンと痺れるような疼きが下腹部に響いた。

「あっ、それいい」

温かな湯の中で下半身に鳥肌が浮かんできた。

「なんか変……」

「んっ？　この間もお尻を握りしめるとイッちゃってたね。郁美さんはこのへんに性感帯があるのかな」

義父は二度、三度と、大きくて手に余る郁美の臀尻へと指を突き立てていた。

「あぁん、お尻、気持ちがいい」

郁美は義父にしがみついたまま、湯の中で尻を跳ね上がらせていき、湯船から丸い双つの膨らみをのぞかせては、沈めるを繰り返す。

「さっ、こっちにおいで」

やがて義父に抱きかかえられて湯船を出た。洗い場のタイルの床に足を着けるなり、膝から力が抜けた。

その場にへたり込むと、義父が傍らにしゃがみ込む。肩に腕を回してくれる。

自然と、二人して湯の流れるタイル張りの床に横たわり、濡れた温かい体を擦り合わせる。

郁美は込み上げる興奮に突き動かされるようにして、自分から片脚を義父の腰に絡ませ、両腕で義父を抱いていく。

隙間なく密着する、火照る肌と肌の間に、冷たい粘液がツッーっと滴ってきた。

見ると、義父が掴んだボディソープのボトルを逆さにかざしている。

たっぷりと肌にまぶされた。すぐに二人とも泡まみれとなった。

「滑るわ……」

「郁美さんの体で、僕を洗ってくれ」

義父はタイルの上に仰向けになり、具体的に行為を指示する。

「こういうの、嫌かい？」

「いいえ」

郁美は義父の傍らに膝立ちになり、摑んだ彼の片腕を股にきつく挟んだまま腰を前後に揺らしていた。

「次は、きみのあそこで、僕の指を一本一本洗っていくんだよ」

どういうことか解らなかった。義父の指が蜘蛛の脚のように動いて、郁美の性器の亀裂をまさぐる……。

「アッ……」

まずは太い親指から膣に挿入された。義父は動かない。郁美が腰を上下に揺すり、指を出し入れして洗っていく。

「ンッ……アアッ」

つい、我を忘れてしまいそうになる。強い快感が込み上げてきて、とっさに下腹部に力を入れた。

「オッ、締まっている」

義父は嬉しそうな声を出して、中でクッと関節を曲げた。指先が、膣壁の思わぬ箇所を擦った。

「アーッ」

郁美は腹を突き出すようにしてのけぞる。浴室に嬌声が響き渡った。疼くような感覚に、義父の指を次々と挿入して、膣を使って洗っていく。

義父に対して、玄人の女性と同じことをしていることに抵抗を感じたのは最初だけで、しだいにそれも薄れた。

「お義父さま、こういうお店にいらしたことあるんですか」

三、四十代の頃に何度かあるという。

――お店でも、そこで働く女性に指を曲げたりしてみせたのかしら。

好奇心が騒ぐと同時に、子供じみたやきもちが膨らみ、郁美はせつなくなってますます行為に熱を入れていく。

「イタズラしないで、お義父さま」

幾度となく関節を曲げられて、郁美は濡れた声で甘えて叱る。膣が刺激を受けて、下腹部全体が疼く。クリトリスを擦りたくてたまらない。

それを我慢して、今度は義父の足首を股に挟み、膝立ちのまま腰を前後させて洗っていく。

固い臑毛《すねげ》がクリトリスや大陰唇の内側の粘膜に擦れている。

もう片方の脚は脇の下に挟んで洗う。義父は指先を動かして、くすぐってくる。

「いやぁ、も、もう、そんな……」

郁美はとうとう堪えきれずに義父の体に身をのせていくと、全身をのたくらせて、肌を擦りつけた。

泡だらけの体は面白いぐらいによく滑る。俯せた郁美の乳房が平たくたわみ、義父の厚みのある腹部の上で、つるつる滑る。

ボディソープの濃厚な匂いが鼻孔に満ちてくる。人工的な花の甘い匂いに酔ってしまいそうだ。

「体を浮かせてごらん」

言われるままに両腕で上体を支え、義父の体を両手両膝の間に収めるようにして四つんばいになる。

「ゆっくり、もう少しだけ上体を下げて」

下垂している乳房の先が、義父の胸元に触れた。言われるままに体を揺らして、義父の胸に、腹に、乳首で泡の線を二本描いていく。

郁美の体の中で唯一乳首だけが、触れるか触れないかのきわどさで接触している。

乳首から胸元まで疼きが広がり、さらに下腹部もムズムズしてきた。

「アアッ、アアンッ」

喘ぎながら上体を小刻みに揺らして、乳首の摩擦を強くしてしまう。

下腹部の疼きが激しくなってきて、自然と尻を突き出し、左右に粘っこく揺すってしまう。言葉にしなくとも、『早く挿入してくれ』と、催促しているみたいだ。

郁美が後退していくと、乳首に固く反り返る股間の一物がぶつかる。

「アアッ、こんなに大きく……」

力強く、それは美しいアーチを描いている。

見つめていると、目が潤んできそうになった。思わず、胸元をせり出して、両肩を揺すりながら、下垂した乳房を泡まみれの一物にぶつけていく。

ぶたれてそれは震えながら傾き、すぐに元の姿勢に戻る。芯にバネでも入っているみたいだった。

「どうした。これが欲しいの」

義父に乳房を根元から握られる。

「前においで」

乳房をグーッと引っぱられた。

「あっ……いやっ」

顔をしかめて四つんばいのまま前進する。

義父はどうにか股間の位置を合わせて、女上位で郁美と繋がりたいらしい。

「僕のを跨ぐんだよ。下から突き刺してやるからね」

興奮のあまり、義父の口調は荒っぽくなる。

「いやいやいや」

郁美は甘えて、その場に踏ん張った。

「駄目だ。おいで」

乳房が思いきり引っぱられる。根元からもぎれそうだ。

その痛みが、義父の欲望の強さを物語っている。

挿入が嫌なわけではない。ただ急《せ》いて繋がらなくとも、こうして肌を擦り合わせている心地よさを延々と味わっていたかった。

「どうしたの。郁美さん。こんなに大きくなっているんだ。早く繋がりたい」

「待って。待ってください」

ふいに、こうして抵抗して、義父が焦れてしだいに手荒くなっていくのを、胸をときめかせて待っている自分に、郁美は気づいた。

「怖いの。待って。まだ抱き合っていたい」

「だめだ。ほら、奥までこれをつっこんで……」

乳房をますます強くねじられる。

郁美はいつしか四つんばいのまま、尻を前後に激しく揺らしていた。まるで誰かに背後から貫かれているようだった。

「アアッ、駄目。おっぱい、もっと、強く握ってください」

腹の中で何かが膨れあがり、とうとう堪えられなくなって義父の身の上に突っ伏してしまう。臍のあたりに義父の股間があって、体を震わせるのに合わせて、一物が擦れていく。

「アアアッ、いやっ……何、これ」

ただ乳房を握られ、抱き合っているだけで、自然と体が小刻みに震えていった。

「だめ。そんなぁ……」

軽く、達していた。

義父が身を滑らせて、立ち上がる。

「挿入もしないでイッテしまったんだね」

郁美は泡にまみれてタイルの床で突っ伏したままだ。脚はおもむろに開いている。

その付け根を、ふいにいじられる。

「中でももっとイケるような体にならないとな」

指を数回出し入れされる。

「お、お義父さま……」

指が抜かれてもしばらくは体を震わせながらハァハァと喘いでいた。

「郁美さんの体は敏感だ。全身が性感帯のようだな」

背後に義父が仁王立ちになっていた。手には、濡れたタオルが握られていた。

第六章　独り寝の午後

どこかの家からピアノの音色が流れている。子供が演奏しているらしく、簡単な練習曲だが、ときおり弾き間違えている。

寝返りを打ちながら、自分も子供だった頃、習いに通っていた近所のピアノ教室で、同じ曲を練習していたことを思い出す。

誰もいない平日の午後、家の中は静かだった。横になっていると、いつもは耳に入らない近所のピアノの音もよく聞こえる。

寒気がしたのは明け方で、昼を過ぎた今は、発熱した体は熱く、意識もぼんやりしている。

今日は義父も、耀司も帰ってこない。

義父は郁美が風邪をひいたことを知らない。朝の出掛けの際には、何事もなく朝食を用意して送り出したのだから。

その時も寒気はした。いよいよ駄目だと思ってベッドに潜り込んだのは昼少し前だ。本を読む気力もなく、かといって高熱を出して唸るほどでもない。起き上がればふらふらと揺れる体は、こうしてベッドに横たわっていれば楽だ。

郁美は目を閉じて、じっとしていた。

——お義父さまとの長風呂がよくなかったんだわ。

病気の気怠く不快な体感とは裏腹に、郁美の表情には淡い微笑が浮かぶ。

蒸気のむしむしたちこめた浴室内で、延々と生身の体を使って性感を堪能した、あの濃密なひとときを思えば、このぐらいの不調はなんでもない。

「……ハッ」

熱がこもって重苦しい胸元から、吐息を漏らす。

右手が、自然と腹の下をまさぐりだし、パジャマのズボンの中へと潜っていく。

指先を、ショーツの裾から潜らせる。潰れて恥丘に貼りついたような固い陰毛を指先に巻き取り、玩《もてあそ》ぶ。

亀裂のいちばん上——大陰唇の付け根が内側に巻き込んでいて、性毛も厚い亀裂の内側からそそけるように伸びている。それを摘んで引っぱる。

そんなふうにして、割れ目の周囲を指先で玩び、自分を焦らしていた。

「くっ、ふ……」

そんな我慢も限界になって、指先を肉の隙間に沈める。

ゆるく溶いた水飴のような粘液が溢れている。その中で指を泳がせるようにして、クリトリスを弾く。

「ハァウゥッ……」

ベッドに横たわり、タオルケット一枚をかけた郁美の体が、左右に蠢く。

左手が、パジャマの裾をたくし上げて、無防備な乳房を揉みしだきだした。

「アン、ンッ……」

わざと尻を力ませてみる。

強張った臀肉は厚みを増し、股間の位置がせり上がった。

「ウンッ……」

両手を尻の下に敷いて、肉を掴む。うんと息ばんで、しばし指先を固くなった臀部に食い込ませ、痛いぐらいになるまで待った。

そのじわじわと鈍痛のような刺激が尻に広がる間、目を閉じる郁美の脳裏には、濡れたタオルで尻を叩いてきた義父の姿や、叩かれた尻の痛みの心地よさが蘇ってくる。

汗が、首筋や腋、脚、背中、そして太腿の裏にまで噴き出てくる。タオルケットの内側がじっとりとなまあたたかく湿ってきた。

——駄目。我慢できない。

誰もいない。安心できる家の中。郁美は風邪の気怠さも忘れて起き上がった。

汗に湿ったパジャマを脱いでいく。濡れた薄紙を剥がすみたいで、脱いだ瞬間は肌が強張る。

思いきって全裸になった。ショーツも湿っていて、下腹部に食い込んでいたが、とうとう脱いでしまう。

窓にはレースのカーテンを引いてある。久しぶりに快晴の空から、午後の陽光が差し込んでいた。

体の汗を拭うと、郁美は暑いぐらいの日の光の中に、裸体を曝す。

鳥肌がしだいに消えていく。

昼日中、独りで裸になるのは、なんとも無防備で心細い。しかし思わず我が身をかき抱いてしまうような心もとならない思いに、知らず知らず悩ましい興奮を抱いてしまう。

郁美は、イラストを描く時に座るようにしている肘掛けのある椅子を引っぱってくると、小さなドレッサーの前に置いて、座った。

――見てみたい。

思いきって、両脚を持ち上げ、膝を折って肘掛けにのせた。

嫌でも大股開きになってしまった。真っ白い内腿と、対称的に、水に一滴の墨を落として滲み広がっているような性毛の楕円形の輪。その中でテラテラとぬめり光る紅色の肉。

「ああっ……」

自分の局部を、ここまでつぶさに眺めるのはいつ以来だろうか……。

思春期の頃はよく見た。男性を知った頃も……。最近は、見ていなかった。

「お義父さま」

ただ独りの部屋で声に出して呼んでみる。

『いけないと解っていても、郁美さんを自分のものだけにしておきたい。解ってる。いけないんだ。だけど、郁美さんのここが自分だけのものだと思うと、やっぱり嬉しいんだ』

義父の声が蘇った。

昨日、尻をタオルで叩かれ、狂乱して歓んだ後、さすがに精根尽き果てて風呂場の床にぐったりと体を投げ出していると、脚の間に跪《ひざまず》いて、指先で性唇を掻き分けながら、義父は、そうつくづく漏らしていた。

——お義父さまのもの。

ズクッと、強い疼きが走った。思わず指の腹でクリトリスを潰す。ヌチャッと音がたって、滑る。

「アアッ、駄目ぇ」

独りだけで声を出す。聞かせる相手のいる時よりも恥ずかしい。

「うぅーっん」

思わず手の平全体で陰部に蓋をするようにあてがうと、Mの型にした脚の、膝頭を擦り合わす。

下腹部に、ますます強く突き上げてくる疼きを感じる。手の平を強く押し当てると、溢れ出る愛液が音をたてた。

疼きを紛らわすように、股に手を挟んだまま盛んに膝頭を擦り合わせる。が、ひどくもの寂しいように下腹部が震えるばかり。

風邪をひいているのも忘れて、目の前のドレッサーから、口紅を取った。外出時に郁美がいつも使うもので、いつぞやの耀司の姉の置いていった紅よりは色は淡い。

「お義父さま……見て……」

乳首をピンク色に彩っていく。さらに唇も……。いつもはしないような塗り方で、ベッタリと濃厚に塗っていく。

乳房を根元から握り、絞り出す。ヒョウタンのような形になった乳房を突き出し、郁美は大股開きのまま、椅子の背に持たれて喘ぐ——そんな自分を鏡に映して、自分で眺めて、淫らな気持ちをますます煽る。

——こんな私を、お義父さまが見ている。

と、想像して、興奮してしまう。自分の視線を義父の視線と仮定する。

半開きに下唇を開き、とろりと落ちる瞼の隙間から、虚ろな視線を泳がせた。

しだいに肩や腰がくねりだしていく……。下腹部の疼きは強くなる。

広げた股の最奥を、今、思いきり突き上げて欲しい。

「だけど怖い……。お義父さま、怖いの」

まるでここに義父がいるように声に出すと、郁美は指を一本、挿入する。

「アアアッ」

声が高く出た。

ヌラヌラと滑り、いかにも過敏そうな粘膜を掻き分ける。その生々しい感触に怖《お》じ気づく。思わず力むと、指が締めつけられる。

挿入した時、いつも義父はペニスにこの感覚を感じているのかと思うと、たまらない。

「フンッ」

息ばんで、下腹部から尻を強張らせた。まるですぼめた唇が幾枚も並んでいる中に指を差し入れているみたいだった。

この圧迫感……吸引力……。

中で指を、ぐるっと回す。が、なんだか物足りない。

郁美は指の数を増やした。しかし自分の指だと加減してしまう。

——もっと太いもの……。有無を言わさず入ってくるものが欲しい……。

視線はドレッサーの上を彷徨《さまよ》う。ふと目が留まったのは、結局、化粧水のプラスティックボトル。

しかしそれは、先端こそ細いが、すぐにかなり太くなっている。

微妙だが、挿入は厳しそうだ。

しかし郁美はそれを開いた股に押しつける。

「……アァ、駄目。こんな太いの」

案の定、入らない。それでもぐいぐい押し込む。

「いたっ……痛いっ」

顎をねじり、肩先に顔を埋めて堪える。

まるで強姦でもされているみたいだった。これを、強引に押し込んでくる義父の一物だと想像すると、つい我を忘れて手荒くなっていく。

「お義父さま、やめて。入らないわ。壊れちゃう。……壊れちゃう」

一人の部屋で、声を張りあげた。

しかし、先端の細い部位から先、ボトルはどうにも入らない。

郁美は焦れて、傍らのタオルを手にした。さっき汗を拭った濡れタオルだ。その端を握る。

「お義父さま、ごめんなさい。もう入らない」

郁美は湿ったタオルで自分の体を打った。胸元から腹にかけて打ってみる。

浴室で義父に尻を叩かれた時より、衝撃はまるで軽い。

——あの時はタオルがもっと濡れていて……。

肌を打たれるたび飛沫が飛んだ。水気を含んだタオルは重たかった。が、それだけでなく、あれほど夢中で自分を叩いた義父が、いかに興奮していたのか、今になって実感する。

『可愛い。郁美。こんなに可愛くて、どうしていいのかワカラナイ』

と、義父は上ずった声で口走っていた――

「あっ」

ボトルが抜け落ちて、床で鈍い音をたてた。

「いや」

物足りなさから、郁美は我が身を両腕で抱き、揉みしだくように動く。

「アッ、アッ……お義父さま。もっと。なんだか変なの。こんなことが、すごく気持ちいいの。感じるの」

摘みあげた乳首が杏色に充血し、尖ってくる。

「アッ……だ、駄目ぇーっ、ウッ」

再び全身に鳥肌が立ってくる。

すでにそこに義父が存在しているように甘えた声で訴えながら、郁美は椅子の上で腰をよじり、肩をくねらせて上半身を伸び上がらせながら、絶頂に達したような、その寸前のような微妙な感覚を保ちながら、しだいに狂ったように身悶えしていった

――

「あっ」

淫蕩なまでに爛れていた意識が、ふと覚醒する。

階下で電話が鳴っている。

郁美は僅かの間虚空を見つめていたが、やおら立ち上がった。

○

「まだ熱いね」

郁美の額に手をのせると、義父は静かに言った。

「不自由な思いをさせてごめんなさい」

「なに、ご飯は炊飯器が炊いてくれるし、味噌汁は数日飲まなくても平気でね。それにきみがいつも総菜を作り置きして冷凍までしてくれているから、こんな時は大助かりだ。それをレンジに入れるだけだから」

義父は食事のことばかり言う。

郁美の恨めしげな視線に気づいたのか、

「元気でないと、楽しめないじゃないか。こんな体で無茶をして。それほど……したかったのか？」

郁美は頬が火照るのを感じた。なにも熱のせいではない。

「だからといって、あんな……」

義父は目を細める。男の自信と歓び、そして淫蕩さを滲ませた顔つきになった。

『明日は早く帰られることになったよ。三時ぐらいだろうね。ねぇ、郁美さん早くしたい、笑わないでくれよ。中高生の男子みたいにしたくてたまらないんだ。きみを四つんばいにさせて、後ろから……スーツを着たままましてみたい。ズボンのジッパーを下ろしただけの格好でアレを出して、そんなふうにやってみたいよ』

三日前、自慰に耽っていた最中に、そんな電話をもらった。その時、郁美は風邪をひいていた。

その晩は熱がかなり高く、意識もぼんやりしていた。

心細さを堪えて、独りベッドの中でじっと身を丸め、倦怠感や悪寒をやり過ごしていた。翌朝、風邪の気は抜けたような抜けぬような状態で、いつもならそのまま横になっている体調だったが、郁美はシャワーを浴びてしまった。

そして午後三時、約束通り義父が帰宅した。

義父が異変に気づいたのは、四つんばいの郁美が、両腕で体を支えきれず、ガクリと体勢を崩した時だ。

初めはスカートの中に手を突っ込まれ、感じ入ってしまったのかと思ったらしい。

抱きかかえた郁美の体の熱さに気づいて、初めて事態を察し、医者に連れて行かれた。


それから二日経っている。

体調はだいぶよくなってきたが、今のように夕刻を過ぎると、体は思い出したように発熱する。

「お義姉さまの様子はどうでしたか」

「そうとう腹がせり出していたが、まだまだだね。もうしばらくは産まれそうもない。それより——」

義父は、家族の話をしたくなさそうに、話題を変えた。

「あんな熱があったのに無茶をして……よほど、抱かれたかったんだね」

郁美は黙ったままでいた。頬が熱い。火照って染まっていることだろう。

「今は、ゆっくり寝ていなさい」

額の髪を撫でられ、そのまま頰に手の平を添えられた。

数日ぶりの他者の温もりに、郁美は緊張が解け、思わず涙が溢れていた。

「お義父さま……」

鼻を鳴らしながら、しかし郁美は身を固くする。体調を崩しているのさえかまわず抱かれようとした自分に、嫌気を覚えた。義父が呆れているのではないかと、心配だった。

「そこまでして僕を待っていてくれたなんて、ありがたいよ」

その言葉にようやく心が解けて、大きな手の平に頰を擦り寄せる。再び涙が溢れた。

「どうしたの。そんな……」

義父は柔らかな笑い声を出しながら、指先で郁美の下瞼をなぞり、涙を拭う。

そして濡れた指先で、熱を帯びた頰をなぞり、鼻先を撫でる。体に触れていたいのにそうもいかなくて、なんとなくいつまでもぐずぐずとしている。そんなふうな感じだった。

「ウンッ」

指先が唇をなぞりだして、郁美はそれをくわえてしまう。

「ンムッ……」

頬を窪め、中で舌を絡ませる。

「早く……早く、こうしたい。お義父さまのを――」

唇をきゅっとすぼめて出し入れしながら、薄目を開けた。

「郁美さん」

義父の体が迫ってきて、抱きしめられる。荒っぽい抱き方だ。

汗でTシャツの生地がくっついている背中に、義父の腕が回される。

寝具からも、染み込んだ汗の匂いが漂う。

Tシャツの裾を持ち上げられる。

「あっ、駄目」

湿度の高いこの季節、入浴を控えてベッドに寝ていた郁美の体は、汗に湿り、皮脂の甘い匂いが強かった。

自分でも、その匂いを感じる。恥ずかしさのあまり体を捻って逃れようとした。が、その時はもう、裾が肩先まで捲り上げられていて、自然と片腕を持ち上げてしまう。

「いい匂いだよ」

義父が腋の下に鼻先を突っ込んできた。

入浴を控えていた間に、そこには体毛が現れていた。日常的に剃ることにしていたので、伸びだした毛は、毛先が断ち割られたように太い。

「いやっ」

義父がそこに頬ずりする。

「いやいや、恥ずかしい。やめてください」

細くひきつった声を漏らしてしまう。

「どうして。きみは恥ずかしくても、僕は凄く興奮するんだよ。いい眺めだ」

チュッ、チュッと、音をたてて腋の下の薄い皮膚を吸われてしまう。

「くすぐったいわ」

身をよじると、色づいてきた窪みをじっと鑑賞するように眺める。

義父の舌は脇腹に伸びてきた。さらに乳房を持ち上げられて、最も汗や皮脂の溜まっている括れたような付け根やら、谷間などをくまなく舐められた。

郁美の二の腕は、鳥肌が立ってくる、ぞわりとした感触に包まれた。

「甘いよ。郁美さんの体、甘くなっている」

義父の声が、淫らに上ずっている。

ふと郁美は思う。強い体臭を好む男性もいるのだろう、と。

臍の穴にまで、舌先が入ってきた。

「だ、駄目。そんなところ」

頭に血がのぼる。恥ずかしさと、義父の危うい嗜好を疑う気持ちとが入り混じり、郁美は混乱した。

それになんともくすぐったい。思わず腹筋に力を入れて、肩から腰を突っ張らせていく。

「待って。ちょっと待って」

「汚れていたって、きみの体なら汚くないいんだからね」

「いやぁ、いやぁ、恥ずかしいです」

とうとう木綿のパジャマのズボンが下ろされる。

「ショーツに染みが……」

ふっくらと内側から盛り上がる股布が、指の腹でぐりぐりと割れ目に押し込まれていく。そのうち、ぐちゅと粘っこい愛液が潰れるような音をたてた。

「どれ」

義父は待ちかねたようにショーツを下ろして、郁美の膝を立てさせ、大股を開かせる。

「そこは――」

口に出すのも恥ずかしい。最も汚れている部位――そこが剝き出されている。

郁美自身にも、甘酸っぱいような、重ったるいミルクに似た匂いが感じられた。数日間入浴もせずに、ウォシュレットのビデで数回洗っただけの湿った性唇の内側は、いつもより汚れていて、女特有の匂いがこもっていた。

義父が顔を寄せてきた。

「だめっ」

とっさに腰を捻ると、思わぬ力で太腿を押さえつけられ、身動きはかなわない。クリトリスや性唇の縁にねっとりとした鼻息を感じる。舐められた瞬間、震えが腰から背を貫いた。

「アアッ、だめよそんな」

郁美は身震いした。

義父は、汚れに気づいていないのか――そんなはずはない。自分にだって、ぷんとあまったるく匂ってくるのに……。

「ウッ……」

背が伸び上がっていく。もう一度舐められて、突き出たクリトリスを根元からこそげられていた。

「汚れているからいいんだよ。汚れているほうが、興奮してくるよ……。郁美さんのは、こんな味をしているんだね。美味しいよ」

「アァ、美味しい」と、もう一度、唸るように言いながら、舌を長く伸ばして亀裂の内側を舌から大きく吸い上げる。

「アッ、アッ、アッ……いやもう」

押さえつけられた腰を力ませ、片手を噛んで、郁美は抗う。が、義父の囁くような淫らな言葉に、心は甘く緩んでしまった。太腿が震えだし、いつしか尻が上下に激しく弾んでいる。義父の鼻先に性毛がジャリッと擦れていた。

「ウムッ」

義父は唸って、クリトリスを噛んできた。

「ウァッ」

膨らんだ声をあげて、郁美は背中をブリッジするように持ち上げると、股間だけをぐっと突き上げて、激しく上下に揺すった。

「イ、イィイ、キそう」

両手で義父の頭を押さえつけて、自ら陰部に押しつけていた。

義父は片手を伸ばしてくると、硬直してぶるぶる強張る郁美の尻を、思いきり握ってきた。

　ジーンと疼くような刺激が臀部一体に広がり、腰が浮くようだった。

「アッ、それいい。お尻を握られると、アァン、いい。いい。イ、イクゥーッ」

　甘え声の絶叫が響き渡る。同時に郁美の陰部は、濃厚な愛液を噴き上げていく——

○

「中でイッたことは？」

　意識がまだ淀んでいる中で、義父の声がする。

「……」

「イケるようにしてやるよ」

　してやるよ——若やいだ乱暴な言葉に、義父の、興奮のせいで上っ調子になった気分を感じる。

「……っ」

　何か言いたかったが言葉が見つからない。義父は、まだ郁美の体が女として開花していないと思っているようだ。なんとなく不服に感じた。

「お義父さまとするようになって、ずいぶん変わったと思っています」

語尾が尖ってしまった。女として半人前扱いされているようで嫌だった。

「そうかな。だけど僕のはいつも大きくなるとは限らないよ。こんな老体では、女盛りの郁美さんは不足だろう」

「……そんなこと」

甘えてすがりつく。着衣のままの義父に、汗ばんだ裸の体を押しつける。

そうしながら郁美は、自分がこんなにも思いをあらわにするから、義父もこちらに甘えて、意地悪に「まだ女として開花していない」などと言うのではないかと感じた。郁美の気持ちに安心して、わざと突っぱねるようなことを言って、刺激に感じているのではないかと。

「息子とは寝ているの？」

郁美は答えなかった。

そんなことを突然に訊いてくるのも、そういう気持ちからだと思った。

郁美は、耀司とさほど交わっていないことが、体の開花していない原因のように思われたくはなかった。しかし頻繁にそのようなことを重ねていると答えても、嘘になる。

「ほら、四つんばいになって」

言われるまま、郁美はベッドの上に這いつくばるようにして、膝と両手の平で体を支える。

背中から尻にかけて、義父の両手が円を描くようにして行きつ戻りつ滑りだした。

「ハゥ……」

水に石を投げてできた波紋のように、ぞわりと悪寒めいた刺激が体の背面一体に広がる。

「ウウンッ……ンッ……」

しだいに声が漏れる。体を揺らしながら、郁美は義父の思うままに性感が操られていくのが、口惜しくもあり、嬉しくもある。

「お義父さま、私、こんなに感じています。お義父さまに、こんな体にしていただいたんです」

体を揺らして甘えて言った。

しかし義父は、それには何も答えずに、近くに置いてあるタオルを自分の指に巻きつけると、いきなり郁美に挿入した。

「こんなのでも充分、きみの体を開発できるかな」

「ウッ」

いつも愛用しているフェイスタオルだった。使い込んで目が粗くなっている。それが擦れて痛かった。

「アッ……」

郁美は歯を食いしばる。

先日、この化粧水のボトルで自慰していた自分を思いだす。まるでそんなところを見られていたようで恥ずかしい。あれを使って自分を慰めたことは、郁美は恥ずかしくて絶対に言えないと思った。

四つんばいのまま、義父に膝を摑まれ、片脚を持ち上げられる。股ではタオルを巻いて太くなった指一本が勢いよく抜き差しされている。

「ほうら、ほうら入ってく」

「あっ、だめっ」

義父に捉えられた片脚だけ真っ直ぐ後方に上げたまま、郁美は腹から胸元をべったりと伏せてしまう。

持ち上がる片脚の挟間で、異物が前後に擦れている。タオルが、ぐいぐい膣奥を広げている。タオル地が愛液を吸うので、摩擦感が強く、痛いほどだ。

「アンッ、アンッ、お義父さま……」

郁美の尻はぎゅーっと固く強ばってしまう。

それにしても義父の高ぶりはいつになく激しい。

なんとなく今日は、帰った時から気が立っているのは解っていた。

何かあったのだろう……。

義父は吐け口を求めるように、郁美を求めてきている。

膣口の擦れる痛みを感じながら、郁美はぼんやりと思う。

きっと出張先か、あるいは娘の家でだろうか、なにか気に障る出来事があったに違いない。

義父はその鬱屈を自分にぶつけている。郁美を女として歓ばせたり、嬲ったりすることで心の平安を得ようとしている。

義父は、自分に甘えているのだと理解すると、郁美は疼いた。

「お、お義父さま。いいのよ。わたしのこともっと……もっと乱暴に突いてもいいの」

ぎゅっと力を込めて盛り上げた尻を、振ってみせる。郁美の胸に甘い疼きが広がり、心地よいせつなさが込み上げる。

「好きよ。好き。私、お義父さまに何をされてもいいわ。何されても、私は嬉しいの」

口走りながら、義父の鬱屈を、女の体で受け止め、慰めているこうした状況に、郁美は初めて味わうような興奮を知った。

タオルの抜き差しは相変わらず痛むが、気持ちは、もっと肉体を刺激して欲しいと求めだしていた。

「お義父さま、お尻握って。痛いぐらい握って」

「こうか。こうなら、イクか」

肉が裂けよとばかりに摑まれる。

じんわりと温かな刺激が下腹部に爆ぜていく。

汗が全身に噴き出してきた。

「アアッ、そうよ。そう。イク。イクわ。私、イク。イッチャウウウウー」

郁美は「ウウゥゥゥーッ」と最後の声を伸ばしながら、それに合わせて尻を揺すり続けていった。

「万歳をするように、腕を上げたままでいるんだ」

ぐったり横たわる郁美の腕を、義父は押さえつける。

「いや、恥ずかしい」

「すごく刺激的だよ」

「……」

「もっと伸ばしてごらん。女の人の腋毛があるのが、こんなに興奮するとはね」

義父の唇が、腋の下の窪みに押し当てられた。すぐに舌が差し出されて、唾液に濡らされる。

「アンッ……だめ…。体汚れているのに」

こそばゆさと、肌の汚れを舐め取られる羞恥に、郁美は身をよじる。

その体を、しかと抱かれて、押さえつけられてしまう。

「伸ばしてごらん。ここの毛……」

義父はもう一度言う。

「お義父さま……」

「なに」

何か辛い、嫌なことでもありましたか——そう訊きかけて言葉を呑む。代わりに、

「いいけど、時間がかかる。待っててくれますか？」

「伸ばしてくれるのかい？」

「お義父さまが、それで興奮するなら」

耀司がなんと思うだろうか……。そんな心配がよぎり、しかし耀司とは最近体を重ねていないと、自分に言い聞かせる。だから義父の望みをかなえてあげよう、と。

○

仕事の手をふと止め、郁美は知らぬうちにシャツの胸元から手を入れると、腕を持ち上げて、腋の下を撫でさすっていた。

摘むには、まだ短いが、短毛の猫でも撫でている感じはしてきた。

「……」

そのままスカートを捲り、ショーツの中に手を入れる。

ムッと、なまあたたかい。

「アァ……」

恥丘部には、そのまま性毛を茂らせているが、その下の大陰唇は剃っていた。毛がない性唇は、ふっくらと柔らかい。心地よい手触りだ。そのまま指を動かしていると、すぐに亀裂に滑り込む。粘るような愛液がヌラッと溢れる。

だましだまし指をあやふやに動かしていたが、そのうち抑えがきかなくなってきた。

平日の昼間、耀司も出かけている。義父も仕事だ。

郁美は思いだして脱衣所に行った。

今朝から雨が降り、洗濯をやめていた。脱衣籠の中に衣類が溜まっている。

義父のブリーフを取り出すと、郁美は自分のショーツを脱ぎ、代わりに履いた。

湿っていて、サイズも大きい。ごわごわと肌に擦れる。その前の部分を摑んで上に引き上げると、義父のペニスが押し当てられていた部分の布地を、陰部に食い込ませていく。

「お、お義父さま……アアッ」

片足を洗面台に乗せ、だぶりとしたブリーフを、褌のごとくきりりと持ち上げて、ますます食い込ませる。

そんな姿を鏡に映してみた。

「アッ、アアッ」

郁美は床に着けている方の足をつま先立ちにして、そのままリズミカルに屈伸しながら、ブリーフの布を性器の亀裂に擦りつけ、ますますクリトリスを刺激する。

分泌してくる愛液の滑りに、義父の下着はしだいに湿ってきた。

「アアッ、イク。イクッ」

伸び上がりながら大きな声を出した。

その後に、ふいに静かになると、すりガラスの向こうから、ひっそりとした雨の音がして、どこかの家で弾いているピアノの練習曲が聞こえてきた。


郁美は忙しい日々が続いていた。

イラストの締め切りがふたつ重なっていたのだ。

耀司は相変わらずどこかをほっつき歩き、外泊し、昼間寝ていることも珍しくない。

仕事の合間、郁美は義父の食事を作り、浴室を掃除し、洗濯をした。最低限の家事だけはしておき、家の中を整える。

耀司と二人の時は使わなかった神経が、やはり義父がいることで終始張っているのに気づく。

義父がいなければ、こんな時、パンを囓《かじ》りながら仕事に没頭できた。

ここに来る前、郁美が多忙をきわめると、耀司はふいにスープをこしらえたり、カレーを何日分も大量に料理したりした。

そんなことを思い出す。

案外と、耀司も郁美を労ってくれたものだ。

彼のそんなところは、この家に来てからまるでなくなった。

実家にいる耀司は、独身のように気ままに、何をしているのかあちこち出歩き、自分のことばかりにかまけている。

自分と義父との関係の親密さが原因か……と、郁美はふと思う。

その関係がどこまで進んでいるかは気づかなくとも、自分が義父と睦み合う日々を過ごしていることで、自然と耀司を排除しているような空気が生まれているに違いない。

このまま、こんな生活をしていていいわけがない。

だけど——

食卓に下りて行くと、義父が一人で夕飯を食べている。

「忙しいみたいだね」

「ええ。すみません、お一人にさせて」

「いや、なに。かまわないさ。ただ無理をして体を壊さないよう」

「まだそんな歳じゃありません」

そう朗らかに笑って郁美は席に着く。

耀司はいなかった。

「さっき出かけていったけど……あいつは毎日何をしているんだ」

「お友達のつてを頼って就職活動しているんじゃないかしら」

疲れていた。郁美は今、あまりこういう話題に触れたくなかった。

「しかし、ずいぶん派手な格好をして出ていったぞ。遊びにいく格好だ。髪だって伸び放題で……。あれで本当に仕事がみつかるのかね」

「……」

郁美は無言でご飯を口に運ぶ。

今、耀司のことなど考えたくない。

「いったいあいつは郁美さんのことをどう考えているんだ。子供がいないからいいようなものの、これでは……」

郁美を可愛いと思うが故に言っていることだと、義父の心理を理解できた。

義父の言っていることは間違っていない。しかし、だからこそよけいに心細くなる。

耀司があんなで、自分は彼の妻で、しかし女としてはその父親と通じている。

「郁美さんと結婚することになった時だよ。僕は、あいつの性格をわかっていたからね、少し早いんじゃないかと諌《いさ》めたことがあったんだ」

義父は口を止められないでいた。

「家庭を築くということは、いろんな責任が出てくる。その覚悟が、おまえにあるのかと訊いたら、今はそんな仰々しい時代じゃないと言われたよ。オヤジの、その感覚で家庭を築かなければ結婚を許さないというなら、勘当してくれと言われたよ」

そして義父は、

「勘当するということが、法的にどうすればいいのか僕は知らなかったし、今も知らないけれど……あの時、本当にそうしていれば、今になってあんな厄介な息子を抱え込む羽目にはならなかったな……」

その口調の冷たさ、本気さに、郁美ははっとした。

胸の中が嫌な感じに凍えてくる。

「まぁ、郁美さんには苦労をかけるよ」

無言でいると、固くなった場の空気を和らげるように義父は言った。

しかし郁美は、耀司が父親から期待をかけられ、なのに愛情は注がれずに育ったと言っていたのを思いだした。

「なんか――」

知らずのうちに口を開いている。

「なんか、勘当しておけばよかったたって……。よく可愛いからって子犬を飼って、大きくなったら飼いきれなくなったからと保健所に連れていく飼い主みたい……。もちろん耀司さんが悪いのだけど……」

耀司があああなっている理由のひとつに、義父母の育て方があるのではないかと、思わず郁美は口から滑りそうになった。

曲がりなりにも、自分と耀司には、この家に来る前の数年間の二人の生活がある。いくら今の耀司があのていたらくとはいえ、まるで自分のこの数年までもが義父によって否定されているような不快感は拭えない。

「そうだね。だから前にも言ったと思う。僕は耀司の子育てには失敗したと」

もうこの話はよそう。

義父はそう言った。

固い空気は、まだ漂っている。

「まぁ、郁美さんは、自分の仕事を頑張ることだ。でも売れっ子になったら、僕たちなんか見限られてしまうかな。ほどほどに売れるのがいちばんいいのかな」

義父は笑う。

しかし郁美はますます胸が冷える。

「私、超売れっ子になっても、この家にいますよ。お義父さまは、それでは迷惑です

いる。
すれば、こうして自分のために料理や洗濯などしてくれないだろうと、義父は思って
お金や地位を手にすれば、耀司や義父を見限ると、義父は思っている。仕事で成功
義父は郁美の口調の固さが理解できないでいるらしい。
「いや、ありがたいよ」
か」

郁美にはショックだった。疲れているのにと、ふと不満は思っても、義父の居心地のいいように生活を整えるのは、今の郁美には歓びだった。

自分と義父との背徳的な結びつきは、それほど脆いものだろうか。

少なくとも、義父はそう思っているのだろうか。

郁美はふと、苦労した義父の前半生を思い返した。

成功したら見限られる——義父のそんな言葉に、苦労で屈折した片鱗が感じられた。

「お義父さま、見限るなんて、二度と言わないで。私はただ、いつまでも、こうして——」

疲れているのだろう。郁美は言葉に詰まり、涙腺から涙を絞っていた。

「……郁美さん」

ガタッと椅子の音をさせて義父は立ち上がると、郁美の背後に回ってきた。

思いきり肩を抱きしめられる。

「ごめんよ。なんだかつまらないこと言って、いやな気持ちにさせてしまって」

「いやぁ」

優しく低姿勢に出られて、郁美は疼くような甘えの気持ちが湧いた。体が触れ合っていることも、そんな気持ちを増長させる。

「いやぁ、離して」

甘えて。拗ねた。

身を揺らすと、逆に義父はしっかり郁美を抱きしめる。

それが解ってさらに郁美は身じろぎして、義父から離れようとする。

知らない間に、女の手管を使っている。

今さっき、義父に向けていた冷静で客観的な視点が、しだいにとろけてなくなっていく。

「郁美さん……」

義父の強引な手が、椅子に座ったままのスカートの中に潜り込み、ショーツの中にすぐに入り込む。

二本の指で、大陰唇を二枚とも挟まれ、そこから飛び出したクリトリスの頭を擦られる。

「あぁん、も、もう……」

郁美は背もたれに身を預けたまま、下腹部を波打たせるようにして股間を前にせり出していく。

自然と浅い座り方になっていく。

義父の指二本が、その厚い腹を使って菱形に開く女陰を大きくかきまわす。

ぐちゅり……とすでに粘っこい愛液で溢れている。

拗ねて甘えた分、その愛撫は腰全体がとろけんばかりに心地よく感じる。

「アァアン、お義父さま」

胸の中の冷たいものは、もう消えてしまい、郁美は片手を伸ばした。

手の先で、義父の股間をまさぐる。

「私にも……させてください」

椅子の上で躰の向きを変えると、義父が寄せてきた股間に頬ずりした。

固いものが頬に擦れる。

「舐めるか」

義父はズボンと下着を下ろして、膝まで下げる。郁美が夢中でくわえ、頭を振り立てると、待ってましたとばかりに心地よさそうに唸る。

一物は七割ほどの勃起具合だった。

「ウーンッ」

しばしフェラチオが続いた。勃起はさほど角度は上がらなかった。

それでも義父は気持ちよさそうに、ときおり厚みのある腰を揺すったりしていた。

が、

「もうそろそろいいだろう」

義父が動き、郁美を椅子に座らせたまま、大股開きにさせる。

その傍らに中腰になると、指二本を挿入して激しく出し入れさせた。

「うあっ、お、お義父さま……もっとおしゃぶりを……」

「僕はもういいから。今度は郁美が満足するんだ」

まるで拗ねた自分は、義父からあやされているみたいだと、郁美は感じた。

「ああっ、いいっ。いいっ」

単純な抜き差しだが、抜けられない心地よさがある。しだいに翻弄されていった。

郁美は尻を固く強ばらせて股間の位置を上げ下げしながら、しだいに腰全体を椅子の上で上下させていった。

食卓には、食べかけの刺身がのっている。薄切りした蛸の真っ白い身の横に、鮪の赤身が光り、その横にツマの大根が白々と水っぽかった。

第七章　隣りの部屋で

体にのしかかる重みで、心地よい眠りから引き戻された。

依頼されていた雑誌のイラストが数時間前に仕上ったばかりだ。安堵に包まれた睡眠は深かった。

ここ数日、郁美は毎晩遅くまで仕事をしていた。

「……っ」

無言のまま身を揉まれていく。体を横向きにすると、パジャマの裾から手を入れられて、背中から腰を力強く撫で回される。

さっき眠る時、耀司は隣の部屋にいた。今夜は出かけないと、引き戸の隙間から言ってきた。

なら、この手は耀司か……。

しかし隣室との境の引き戸の隙間からは、まだ灯りが漏れていて、彼がゲームをしている気配がする。

隣室は、郁美が今寝ている仮眠用のソファベッドと仕事机を置いたこの部屋とは襖代わりの引き戸で仕切ってあるだけだった。いつの間にか耀司の私室になっていた。

隣室には郁美のベッドも置いてあり、むろん彼女もそこで寝るが、仕事が終わって神経が高ぶっている今晩のような時などは、独りになりたくて、こちらのソファベッドを使うことが多い。

また、隣の部屋で物音がする。

時計を見ると、十二時を数分過ぎている。

プラスティック製のものを弄る音——。耀司は確かに隣の部屋でゲームをしている。

こんな時耀司は、必ずヘッドホンをする。

「……フゥーン」

義父の鼻息が首筋に温かく触れ、ドキリとした。

腰をよじると、下腹部からパジャマのズボンに手を差し込まれ、陰部を直接弄られる。

お義父さま——。

声にならない声を出して、ようやく薄闇の中に義父の顔を見た。

強烈な情欲に取り憑《つ》かれて、強張ったような、むくんだような顔をしている。

「ッ……」

性器の亀裂に指を入れられて、かき回された。ふいの目覚めに、体の末端の意識はまだどんよりと鈍い。そこをいきなり刺激されて広がる疼きは、心地よかった。

郁美の両脚は、自然と突っ張っていく。けれどそれ以上の身動きを、堪える。

ソファベッドが軋《きし》むのが怖ろしかった。もちろんヘッドホーンをし、ゲームの世界に没頭する。その集中力は驚くほど。ちょっと声をかけただけでは気づきもしない。

……とはいえ。

こうしている今、引き戸一枚向こうに彼がいる。

義父は、ますます激しく指先でかき回してくる。

ヌチャッと、音が粘る。

すこし上から、郁美の顔を見下ろして、じっくりと太い指を動かすのだった。

クリトリスが擦れる。

反射的に郁美の尻が強張る。

「……ンッ」

顔をしかめた郁美を、義父は淡い笑みを浮かべた顔で見下ろしている。そうやって愛撫が郁美に与える反応を観察している。

『ヨウジサンガ、トナリニ……』

郁美は口の動きだけで訴えると、灯りの漏れる隣室へ顎先を向ける。

『ダメ……』

顔を大げさにしかめて首を横に振ってみせた。

しかし義父は性器の亀裂に差し込んだ指を内で大きくかき回すのをやめない。

「アッ」

小さく、声が漏れた。

「どうして」

息を呑んでしかめた顔を、上から覗き込んで義父は感に堪えないような、薄ら笑いに弛緩した表情を作っている。自分の愛撫で感じている郁美の顔をじっくり味わうように見つめるその様子は、なんだか彼女の快感に感応しているような、あるいは女体を通じて彼自身の性欲を慰めているようなふうにさえ見える。

グリッと回されて、今にも指先が膣口の中にめり込みそうだ。

「ウッ」

郁美はとっさに枕元のメモ帳とペンの存在を思いだして、手探りした。仕事のアイデアなど、独りで横になっている時に思いつくことが多いので、いつも置いてあった。

『となりにヨージさんがいる』

走り書きして、義父に紙面を向ける。
薄闇の中、隣室から差し込む灯りと常夜灯のそれとで、字は判読できるはず。
義父は目を細めてそれをみると、やおら郁美からメモ帳とペンを取り上げる。

『だからこうふんしていつもよりグチョグチョしてる』

郁美はそのカタカナの表記に頬が熱くなる。

『ちがう。そんなのちがう。いや。だめ。はなれて』

義父はすぐにペンを取り上げる。

『イカせてやる』

駄目、駄目と激しく首を横に振ると、

『おまえが感じてくれないとここを出ていかない』

そして義父はクリトリスを摘み上げて、すごい勢いでよじりだした。明らかに、義父が芝居がかって自らを煽って楽しんでいるのが伝わってきた。

「ファッ……」

吐息が漏れてしまう。顔が急激に火照ってきて熱い。

隣室では耀司が身動きしたらしい物音が聞こえてきた。郁美は胸のあたりが冷えた。思いきり声が出せたなら……。それができないせつなさに、郁美は涙が浮かんできた。

一方の義父は、郁美の不安など知ってか知らずか、欲望に取り憑かれたように激しさを増していく。

郁美の、パジャマのズボンとショーツを膝まで下ろしてしまう。なんだか今日はどうかしている。

郁美は脹ら脛に衣類を絡めたまま、オシメを替える赤ん坊のように、膝を曲げて脚を持ち上げられる。

尻の穴まで剝き出されて、膨れた大陰唇の隙間から覗く濡れた部位を、義父の舌先ですくい上げられていく。

「……イヤッ」

腹に力が入ってしまう。大声で喘いでしまいそうで、郁美はとっさに手の甲を口にあてる。

太腿の裏側に両手をあてて、むくれ出る陰部を、義父は伸ばした舌で激しく頭を動かして探っていく。

「ゥーンムッ……ハッ……ウムッ」

唾液がぬたくる音がした。

『だめ。ヨージにきこえる』

毆り書きして股の向こうへ突きつける。

しかし義父はクリトリスを唇で吸い上げる。

「ッッ……」

郁美は自分の手を噛んでのけぞると、いつしか股間をぐいぐい上下に揺さぶっていた。

義父の唇がきつくすぼめられ、その小さな隙間に、クリトリスが吸引されていく。ニューッと、どこまでも伸びていく感じだ。そのうち表皮が捲れ、中の固い陰核が剥き出しになった。

それを舌先でヌラッと擦られる。

「オウッ」

野太い声が腹の底から滲むようにして漏れてしまっていた……。

郁美はその刹那、隣室の耀司の存在を忘れた。「もっと」と、股間を突き出してしまっていた。

『いった?』

義父がメモ帳を差し出していた。

郁美は首を縦に振りかけて、すぐに横に振る。

義父は身を起こすと、急いでメモ帳に走り書きをして見せた。

『ビラビラのところを剃ってるからつるつるして、いつまでもずっとずっとさわりまくりたくなる。あきないよ。かわいいおまんこだ』

そして指を三本入れてくる。そしてもう片手で郁美の尻を摑む。

「ウフッ」

郁美は卑猥な文字が目に焼き付いていて、まだドキドキしている。

『やめて。はげしくだしいれしちゃぜったいダメ』

顔をしかめながらメモ帳を義父へ突きつける。字がゆがんでいた。柔らかな笑みを口元に浮かべて、義父は三本の指を緩やかに前後させる。きゅっと収縮する膣口から内側が、その抜き差しにじっくり広げられ、再び縮まってゆく。その刺激が腹の中で心地よく広がっていった。

『そんなにゆっくりしてるとダメ。おかしくなりそう』

義父に見せる。その間も郁美は腰をよじり、爪先に力を入れて丸めたり反らしたりを繰り返した。

義父の指の腹が、膣の天井を思いきり擦りながら抜けていく。

「……ウグッ」

郁美は手を噛んで大きな声を出すのを辛うじて堪えた。

そんな眉間に皺を寄せた顔を見下ろして、義父はニンマリと笑う。

そして彼の指の腹は、執拗に膣の入り口近くの天井を擦りだす。

『いじわるしないで』

体が小刻みに震えだしてしまう。あと少しで、理性を完全に失いそうだ。

『ほんとうにくるっちゃうおもいきりよがりたくなるからおねがいやめて』

しかし露骨な言葉を書いて自分の高ぶりを告白することで、郁美はさらに興奮してしまった。

声を出したくても出せない、喘げない欲求不満に気も狂わんばかりだった。内腿があふれ散った愛液でなまあたたかく湿っているのが解る。

義父はそのメモを読むと、表情をゆるめたまま、のしかかってくる。

「そんなに感じてるのかい。毛がないと可愛いね。いっそ全部剃ってしまえば」

唇を貪られてしまう。

「ほら、舌を出して」

吐息の声で囁かれる。

郁美は言われるまま、半ベソをかいた顔で舌を夢中で伸ばした。そこに義父も思いきり伸ばした舌を擦りつけてくる。

「アァアッ……」

軽い唸り声を漏らしてしまったが、郁美は隣室の耀司が気になってそれ以上は声も出せない。

代わりに舌を激しくくねらせて、義父の舌に擦りつけていく。唾液がしぶいて濡れた音をたてた。それさえも、耀司に気づかれるのではないかとひやりとしてしまったが。

「郁美っ」

と、とうとう義父が堪えきれなくなった。

郁美は狭いソファベッドの上で横向きに寝かせられた。体の左側面が下になった。上になっている右脚だけ、ショーツとパジャマのズボンから抜かれた。そうされる間、彼女はずっと今までの愛撫の名残にぼんやりしたままだ。

義父はズボンを脱ぎはじめている。

背後から、やはり左側面を下にして横向きになった義父が、体を添わせてくる。裸の脚を抱えられ、持ち上げられる。その挟間から、義父のペニスがヌッと伸びてくる。

義父は今夜、まだ風呂に入っていない。背中に密着してくる彼の胸元あたりからは、シャツを通して、汗に濡れて脂じみた肌のなまぬるい匂いが漂ってくる。

年齢のせいか、その匂いは単純でなく、すえたような臭気が混じっている。

しかし郁美は不快でない。背後にいて姿を見ることのできない義父の存在を確かめられて嬉しくもあった。

「……アァッ」

散々に指で弄られて潤っていた郁美の中に、義父はゆっくりと滑り込む。

「だ、だめっ」

郁美は小声をあげると、嫌々と首を横に振った。もちろん隣室の耀司の存在を気にしてのことだ。ここで抜き差しでもされたら、もう堪えられない。ソファベッドだって軋み、いくらヘッドホンをしているとはいえ、隣の耀司に気づかれてしまう……。

「……ふっ」

義父の吐息が耳元に吹きかかる。

それはゆっくり押し入ってきて、とうとう根元までペニス丸々一本が挿入された。

「……ンッ」

郁美は歯を食いしばると、片脚を持ち上げられて、横向きのまま、背を引き絞った弓のように反らした。

自然と尻が前にずれて、根元まで入っていたペニスがいくらか露出する。その抜けていく陰茎の擦れる感じに、郁美は官能を刺激される。

「アッ……ッ」

後ろから義父が股間を押しつけ、密着させてきた。片腕は郁美の胸元に回して、背後からしっかりしがみついていた。

そのまま微動だにせずにいる。が、ときおり深く息をする。そんな時、義父の腹が動き、連動して、郁美の膣の中に収まる一物も呼吸したようにもぞりと蠢く。じわりとした、深い刺激が爆ぜる。つい郁美は隣室に耀司がいるのも忘れて、この感覚を連続して味わいたくなる。

「……ッ」

自然と尻を強張らせて後ろへ突き出していた。

「どうした。……突いて欲しいの？」

義父は粘っこい声で耳元で囁きながら、ゆっくりと腰を引く。蜂蜜がたらたらと滴り落ちるような速度で膣の中一杯に埋まっているものが抜かれていった。

「……ウウッ、ウウフゥ」

郁美は目を閉じ、肩をすくめるようにして拳にした両手を口にあてて震え続ける。声を出せないことが枷《かせ》となって、とろけんばかりのこの快感に身を任せられない。

思わず紙とペンをつかむ。

『おとうさまもういじわるはいや』

しかし義父は、今度はゆっくり押し込んでくる。その際、微妙に腰を捻るようにして、挿入のしかたに変化をつける。雁の張り出す部分が、膣壁の、思いもよらぬ箇所を擦る。

「ウッ」

思わず声が高く出た。

聞こえる——声を発した後で、郁美はひやりとする。

『そんなのだめがまんできなくなるもうおおごえだしてくるいたくなる』

走り書きを見せたら、義父は返事の代わりに、片方の臀部を思いきり握った。半分ほど入れられたまま、ゆっくりと浅い抜き差しを繰り返される。

郁美は思わずペンを走らせる。

『またおくまでぜんぶいれてすごくゆっくりおくまでいれてこれいじょうはいらないところまでいれたらこまかくついて』

書いたとおりのことをされた。

ソファベッドが軋んだ。

腹の中一杯に重たい震動が満ちてきて、郁美は全身が震えた。ゾワリと鳥肌も浮いてくる。

義父は動きながら、密かに息を漏らす。

『ヨージがいるからこえだせない。でもいい。すごくかんじる。いい』

義父がペンを取り上げて、

『私のが好きか』

郁美は返されたペンで走り書く。

『すき。おとうさまのオチンチンきもちよくなるからすき。おとうさまのおちんちんにされて、わたしのおまんこさいこうにきもちいいです。すきすき。かんじる』

声を出せないから、もどかしさや欲求不満から、大胆なことを書いてしまう。最後はもう判別もできない字だった。郁美は口に出して発したこともないような言葉を文字で書き表しながら、尋常でない興奮に襲われて意識が白みはじめていた。

『おとうさまのことすき　わたしのぜんぶおとうさまのもの　ぜんぶあげる』

しかし義父は、ふいに体を離した。

郁美も胸の奥が冷えていく心地に堪えながら、気ぜわしくショーツとパジャマのズボンを引き上げ、体の状態を整えた。

義父が部屋を出てドアを閉めてすぐ、隣室との境の引き戸が開く。

「……起きてんの」

耀司の声が顔の上でして、郁美は目を閉じたままでいながら、心が重たくなった。

「ちょっとさ……」

口の中で何かをつぶやきながら、耀司は義父がかけ直しておいてくれたタオルケットを剝ぐと、いきなり郁美のパジャマのズボンの中に手を入れてくる。

「おっ、すげぇ、グチャグチャじゃん。オナニーしてから寝たとか？」

ゲームに集中して目も神経も疲れたのか、耀司は淀んだ表情でだらしなく笑った。

半ば眠っているふりをしていたが、大陰唇の性毛を剃っていることを気づかれないか、郁美は内心では胸の凍る心地だった。しかし彼の手はすぐに離れる。

耀司は膝丈のルームパンツとトランクスを脱ぎ捨てて、いきなり挿入してきた。

「な、なにを……アアッ、アアアッッ」

確かに……挿入されて心地よかった。つい今さっきまで根元まで義父のペニスを埋められていながら喘ぐことさえできないでいた抑圧もあって、郁美は思いきり声をあげていた。

けれど、濡れそぼつ自分の秘部を軽く触れるだけで挿入する耀司に、しかもその濡れ具合に何があったかも気づきもしない彼に、郁美は腹立ち紛れの寂しさを感じていた。

「アアッ、すげっ、気持ちいい……」

狭いソファベッドから、郁美の片脚ははみ出し、足の裏が床に着いてしまった。もう片方の脚は耀司が抱えている。

彼はすでに自分のペースで腰を律動させている。射精まで最短距離ですませようとする動きだった。

「イヤァッ」

郁美は思わず唇を噛んで、耀司を見上げる。彼は目を閉じてどこも見ていない。

郁美は胸の中で何かが強張っていく思いだった……。

ふと、今まで耀司がゲームをしていた隣室との境の引き戸が、さっきよりも大きく開いていることに気づいた。

義父が覗いている。

おとうさま——彼と目を合わせたまま、郁美は口だけの動きで声をかけていた。

義父は、片手を股間に持っていき、こちらを見たまま一物をしごいている。

「アンッ……ゥウゥゥン」

見られている。郁美の体はとたんにカーッと火照ってきた。溶けるような快感が広がる。

彼女は甘えた声を漏らしながら、ふいに耀司に腕を回してしがみつくと、自分からも股間を突き上げていく。

「キスして」

甘えて、しかし叫ぶような激しい口調で哀願して、耀司と舌を擦り合わせた。

「アンヌッ……ンウゥゥゥ……」

舌と舌とを擦り合わせたまま頭を大きく揺らしながら、郁美は引き戸の隙間へ目線だけを何度も送った。

取り憑かれたような、火照った顔の義父の目が、そこにずっとへばりつき、腰まで衣服をずり下ろして、盛んに右手を股間で動かしている。

——お義父さま。

郁美は尻を握られなくとも、腹の中で何かが膨らみ上がる。

「あっ、イ、イキそう。私——」

甘い声を張り上げながら、隣室の義父と目をしかと合わせて、郁美は体を揺すっていた。

「イク。気持ちいい。いくぅ」

もうこの二人の男とは家族にはなれない——興奮の中で、何かが弾けた。

いいや、そう実感したからこそ、絶頂に達したのかもしれない。

「お義父さま、来て」

耀司の姉が使っていた、今は空き部屋となっているあの部屋に義父を呼び込むと、郁美はベッドに上がっていく。

「今度は、お義父さまに歓んで欲しいの。どんな望みでもかなえてあげたいわ……」

勢いをつけて着ているものを脱ぎ捨てていくと、ベッドの上に横座りになって義父をじっと見つめた。瞳が圧迫されたようになって、潤んでくるのが解る。それほどじっと義父を見つめる。

耀司は留守だった。

今は夜。相変わらず蒸し暑い。

郁美の体はカーテンの隙間から差し込む街灯の明かりを浴びて、汗に濡れる体の肩先や太腿、そして胸元などの丸みのある部位には光の帯が生まれている。間接照明に肉感的な女体は陰影が深く刻まれていた。

「来てください」

乳房を片腕で抱いたまま、横座りしたまま豊満な腰をよじってみせた。

男を誘っていると、はっきり自覚していた。その男が自分の肉体に魅了されていることも。それを承知で、蠱惑的なポーズを取って見せびらかすことに楽しさと心地よさを覚える。でも、それだけではなかった。最近、何かというと元気のない義父を元気づけたかったのだ。

しかし思いに反して義父は悲しそうな顔をする。

「僕を誘ってどうするつもりだい。挿入だってままならない老体だよ」

昨日の休日、短い時間を見つけて郁美に挑んだものの、義父の一物は思うようには固くならなかった。義父は顔色を変えて、郁美から離れると、夕飯時も口が重いままだった。

耀司と睦み合う姿を覗いてから、義父は時々こんなふうに不機嫌になる。自身の健康の不安もあるのだろう。

今の自虐的な言葉にも、昨日から引き続く気分が込められていた。

「私は、別にかまわないんです。お義父さまと触れ合っていられたら、それで……」

郁美は胸が詰まって、精一杯に優しく声をかけた。そして、こうするしかないと、思いを決める。

「私を軽蔑しないで」

義父の前で、ゆっくり脚を広げた。

彼の表情が変わったのに気づいて、郁美は股がカッと火照る。

「アァ、恥ずかしい」

甘えた声を漏らすと、しかしそれを隠すどころか今度は両膝を立て、陰部を手で割って哀願する。

「早く来て、お願い」

仄暗い股ぐらに、性毛をふっくらのせて縦に口を開いている厚い性唇と、その奥に複雑に連なる赤黒い柔肉が覗けた。無毛の大陰唇は、巨大な厚い唇といったところか。

その場に突っ立っていた義父が、もぞりと動いた。

「郁美さんは、ほんとうに可愛いのをしている」

股に顔を寄せられた。

「アーァァァッ、お、お義父さま」

郁美はハァハァと肩で息をしながら、豊満な我が身をしかと抱いて、よじってみせる。内側から湧き出る興奮が、股で弾け散る感じだ。

「そんなこと言われると、アァ、我慢できない」

彼女は四つんばいになり、義父に向かって尻を突き上げてみせた。さらに右手を後ろに持っていくと、尻の割れ間から覗いている性器を弄りだした。

「あーんっ、き、気持ちいい」

思いきり甘えた高い声を作って、義父に聞かせる。それで彼が興奮してくれれば何より嬉しい。義父の勃起力がどの程度であれ、興奮して欲しかった。羞恥は激しく感じるものの、あからさまな痴態を義父に見て欲しい。

耀司との粗雑な交わりを覗かれた晩を境に、郁美は義父に遠慮を無くしていた。

亀裂の奥の暗がりで、白い指が早い動きで舞い、ピチャピチャと湿った音が聞こえてきた。

「お義父さまのも、こうしたいの……」

郁美は自慰をやめると、濡れる指をしゃぶりながら、首を背後へねじ曲げて、義父へ視線を流す。

義父は息を呑むと、しかし顔を強張らせ、

「いくら舐めても、きっと勃起足らずだよ」

再び声に自嘲が匂った。

「そんなのいいの」

郁美は四つんばいのまま彼に向き直る。

「かまわないの。お口に入れて舐めているだけでいいの。疲れて口が動かなくなるまでおしゃぶりしていられれば、私は幸せ。いつかみたいに眠ってしまうまでおしゃぶりしてたい」

湿って乱れた髪をかき上げると、ベッドの傍らに立つ義父のズボンのジッパーを下ろして、一物の先に夢中でむしゃぶりついた。

七割ほど勃起した一物に、舌をねっとり絡めた。

「オオッ……。ンムッ」

義父は思わず息を呑む。

郁美は頬を大きく窪めて、陰茎をきつく吸引する。さらに上唇を捲りあげるようにして、ゆっくり陰茎を呑む。彼女の唇は皺を刻んで陰茎の太さに引き絞られていく。

彼女の鼻息に、義父の陰毛はこそばゆくそよぐ。

「ウッンムッ……ど、どうしたの。郁美さん……。今日はばかにやる気満々じゃないか」

義父は妙に気弱で、腰が引け気味だ。

郁美は頭をゆっくりと義父の股間から離して、引き絞った唇から、陰茎をヌーッと押し出した。

「オォォウ、冷え冷えしていいよ」

唾液を被ってベトリと濡れた陰茎が、外気に触れて、ひやりとするのだろう。

郁美は義父を歓ばせたくて、舌がよじれるように激しく動かし、まだ口の中にある亀頭を打った。今までしたくても、恥ずかしくて羞恥を覚え、なかなかできないでいた。が、いざ思いきってしてしまうと、どんどん大胆になれた。

「オウッ……」

義父は反射的に身を折って呻いた。

郁美はさらに彼の性管の口を舌先で突いて刺激する。

「アァ……いいよ。そうだ。いい。上手だ」

犬のようなポーズでいる郁美の頭を、両手で撫で回しながら呻く。義父の下腹部は、しだいに揺れて、膝が泳いだ。

郁美はハッとする。

「お義父さま……味が……先から出てくるものの味が変わってきたわ」

郁美は音をたてて唾液を啜りながら、顎を突き上げるようにして陰茎を口から抜く。

「とても濃くて、しょっぱいの」

そして彼女は陰茎に頬ずりする。

「ほら、ねっ。前よりも、こんなに固く反って」

確かに、カーテンから差し込む灯りに、義父の一物はいつにない凛々しさで浮かび上がっていた。雁《かり》は張り、唾液にヌラリと光る陰茎は猛々しい。

「昔、旅行した時に見たコンコルド広場に立つオベリスクみたいに立派」

思わず言葉が口を突いて出た。本当に、今夜の義父のモノは、そんなシンボリックな物をイメージさせる。

郁美は正座になって、伸ばした舌で一物のあちこちを舐めていく。

「アアッ、郁美さん、郁美」

ようやく義父は力強く声をあげながら、ベッドに上がってきた。

義父は股間を郁美の顔に押し当てたまま、郁美を横にさせる。ペニスをくわえさせたまま、足と頭の向きを逆さにして、女陰に顔を埋め、さらに指も入れてくる。

「アッ、アッ、嬉しい。お義父さま、嬉しい」

横向きに寝そべり、片脚を持ち上げられた郁美は、腰から肩のあたりを激しく波打たせ、声を張りあげた。

指が激しく前後される。人差し指と中指を使っている。指は膣の腹側を擦りあげている。さらに内腿や鼠径《そけい》部のあたりを、ゆらゆらと頭を揺らされて舐められる。

「ここが……ザラザラしてるんだよ」

そこを、執拗に刺激された。

「ヒッ」

一声飛び出して、途切れてしまう。

郁美の腰から、ふっと感覚がなくなる。ふーっと意識が遠のく。

「アゥッルル……」

気がつくと郁美は、濁った唸り声をほとばしらせながら、片脚を持ち上げたまま横向きに寝そべる姿勢で、全身を震わせていた。

胸元から流れ落ちんばかりに乳房が揺れている。

突然、声が出た。

「ヤァアーッ」

義父の、郁美に突き入れている片手が、温かい水を被ってびっしょり濡れていた。曲げた指の関節からも雫となって垂れている。

「ほうら、また潮吹いてるぞ」

漏らしたように散っている。義父の指使いに合わせて水のしぶく音が高く響いている。

「ど、どうしよう、こんなの——アアアッ」

郁美は絶頂に喘ぎつつ、潮を吹いてしまった自分に羞恥する。

「素敵だ。可愛いよ。こんなにいい体になって……。最高の女だ……」

義父に顔を覗き込まれた。片手を嚙み、郁美はベソをかいていた。

「可愛い顔して。こんないやらしい体なのに、幼い顔つきだ」

「お義父さま、初めてなの。お義父さまのせいよ。こんなの、初め……て……」

「嬉しいよ」

義父は自ら一物をしごきだした。快感に悶絶する彼女を見ているうち、それはほどよく勃起していた。

「私に……させて」

義父の股間を見て、郁美は起き上がる。

義父が仰向けになると、彼女は股間を跨ぐ。

一物を垂直に立てて、郁美は腰を落としていった。

濡れた女性器の熱気が亀頭にむっと絡みつく。

亀頭が、ぬちゃっと割れ目を押し開くと、温かなぬかるみに擦りつけられていく。

「ゆっ、ゆっくりね」

義父は腹に力を入れながら、唸るように言った。

「は、はい。アッ、アアッ……ア」

郁美は全神経を陰部に集中させるように目を閉じ、じわじわと腰を沈ませていく。亀頭がぬっと膣穴の向こうへ呑み込まれると、肉感的な体が跳ねた。

「うっ、嬉しいっ」

彼女が肩をいからせて、荒い呼吸をするたび、丸みのある下腹部が強張り、膣もギュッ、ギュッと収縮して亀頭を揉み込んでいく。

なんだか最近、自分の体が変わった。脇腹や肩先は締まってきたのに、太腿や腰の張りが以前よりぐっと肉付きよくなってきているのに郁美は気づいていた。

「うわっ」

義父はたまらなそうに股間を突き上げてくる。今度は挫《くじ》けない。陰茎に固い芯が一本通っている感じだ。ぐいぐい突いてくる。

「お義父さま、すごい。うれしい」

郁美もさらに腰を沈めた。

「アアッ、届いてる」

とうとう根元まで入った。

「オオッ。いい気持ちだ」

上の郁美が腰を揺らすと、互いの性毛がジャリジャリと擦れ合っていた。

「アンッ、ン、フッ」

郁美は腰をゆっくり回して、根元まで埋まったペニスで膣内をかき回しはじめた。

「い、郁美さ……ん」

義父は両手を彼女の臀部に伸ばしてくると、強く握りしめる。厚い尻に指先がめり込んできた。

「いいっ」

郁美はのけぞり、腰の回転はしだいに激しい上下運動に変わる。胸元では乳房がもげそうなほど弾んでいた。その勢いは増して、乳輪が目にも止まらぬ早さで薄赤い楕円を描いていく。

「アッ」

郁美は思わずせつない声を漏らした。腰の動きが激しすぎて抜けてしまったのだ。

「ああっ、そんなぁ」

義父も胸が潰れたような声を出していた。

「お義父さま、早く、ねぇ、お願い」

彼女はすぐに仰向けになると、脚を大きく広げてみせる。

「ここ、突いて」

脚を開いて、「突いて」とさらけ出した恥部に猛進して、義父は身を重ねてきた。

「い、いくぅみぃ。ウァッ……、こんなにヌルヌルに……」

嬉しいことに一物は固いままで、再び郁美は貫かれた。腰を揺すれば、とろけんばかりにぬかるんでいる女陰に水音がたった。

「もっと、打ちつけて」

郁美は両脚を義父の腰に巻きつけると、せつなげに哀願してみせた。

男の重みが下腹部に繰り返し打ち当たると、征服されている、自分は男のものになっていると実感できて、たまらない充足感を得られる。……いや、それも相手が義父だからのことか。

「私はもう、お義父さまのものよ、私にどんなことでもして、お義父さまにならなにされてもいい」

郁美は次第に高ぶり、あられもなく口走る。

義父は繋がったまま身を起こすと、郁美の両脚を思いきり開き、動けないように内腿を両手で押さえつけると、上から腰を落としてくる。

「う、嬉しい。もっと乱暴に突いて」

「そろそろ、出そうだ」

義父の、その言葉は警告にも聞こえる。

「お義父さま……私を妊娠させて」

郁美自身、思いもしない言葉が口を突いて出て驚いた。

「そ、そんな郁美。郁美。郁美をそんなことに……」

義父はその言葉に溺れるようにして、込み上げてくる感覚に身を委ねていた。

「ウッ」

一段と深く突き入れられると同時に、郁美の腹の奥深くで熱気が爆ぜた。

「お義父さま、アッ、お義父さま……アァァ、出てる。私の中にいっぱいかかってるぅ」

義父の下で、郁美は甘い悲鳴を響かせていった……。

電話の音で目を覚ました。朝の四時だ。

「産まれたか」

隣で義父がそう言っていた。

嫁いでいる耀司の姉が、無事に出産を終えたらしい。義父は息子の嫁を腕に抱きながら、初孫誕生の報せを受け取ったのだ。

「昨夜早くに産気づいたと報せがあってね。郁美さんが風呂に入ってた時だ」

だから義父はこの部屋に呼んだ時に子機を持ってきていたのだ。

郁美は何も知らされていなかった。

○

「電話だ。郁美さん」

義父から子機を受け取った。

日曜日。今日も雨が降っていた。

耀司は昼を過ぎてもまだ寝ている。最近出歩く頻度が少なくなったが、代わりに彼はよく寝るようになった。

郁美は玄関脇の小部屋でアイロンをかけていた。

「もしもし、変わりました。郁美です」

聞こえてきた声に、心あたりはない。

「梢《こずえ》と申します」

「はい？」

聞き返す。初めて聞く名だった。郁美の友人ではない。

高い声だ。

語尾が舌足らずになるような喋り方なのが、よけいに幼い印象を与える。

二十四歳だという。彼女は耀司がずっと以前に短期間だけ勤めていたデザイン事務所でアルバイトをしていたのだと、自らを紹介した。

第八章　犬のように

今日も霧雨が降っている。

このところ梅雨らしい天気が続いていた。

チャイムが鳴って、郁美は柔らかい声を出した。

「はぁい」

ドアを開くと、屋造元彦が傘を振って水滴を切っている。

一〇二号室の狭い玄関に彼を通すと、傘を受け取って傘立てに入れた。

「なんですか？」

食卓の上で急須を傾けていると視線を感じたので、見ると彼がじっと自分の顔を見つめている。

妙に生真面目な顔つきだった。郁美は困惑して、それを隠すように笑顔を作った。

「いや、一緒に暮らしていた頃に比べると、どことなく洗練されて眩しく見えるからさ……」

1DKの、ダイニングキッチンの奥にある仕事部屋兼寝室にお茶を運んでいくと、絨毯の床にいつものようにあぐら座りをしていた義父は、そう言って神妙な顔つきを向けてきた。

「……」

郁美は返事をしなかった。

「仕事は片づいたかい」

郁美の背後に置いてある仕事机の上へ目をやって、訊いてきた。

そこには仕上げたばかりのイラスト作品が二枚置いてある。

ここの部屋代、光熱費と食費、他諸々の雑費。フリーランスのイラストレーターとして、郁美はなんとかそれだけの収入は得られていた。

といっても、自転車をこぎ続けなければすぐに壊れてしまう生活ぶりではあった。

が、それも今月で終わる。

「ここに来ると、なんだかほっとしたんだけどね……」

義父の声には力がない。

傍らに寄ると、腰を抱かれた。

「そっとやるから、大丈夫だろう？」

むっと熱気のこもった声で囁かれた。

「……お義父さま」

耳元になまあたたかい吐息を吹きかけられて、郁美はぞくりと身を震わせた。

「いけないわ。もう……私たち」

○

郁美がこの部屋に住んで、二年が経っている。

梢という娘と初めて電話で話した、あの雨の日曜日――まるで昨日のことのようだ。

「私、耀司さんの子供を妊娠しています。もう五カ月に入りました。産みますからね」

精一杯虚勢を張っていると解るあどけない声が、なんとなく痛々しくもあり、可愛らしくも感じた。

が、もちろん同時に、その内容に、郁美は驚き、狼狽した。

その後に起きた義父と耀司の争いが見ていられなかった。

梢の両親がやってきて、義父らと話し合いを持った時、郁美は女の友人の家に一泊した。

梢という娘と会う必要は、自分にはない、と、郁美は強く思った。

会いたくなかった。

自分が静かに屋造の家を出ていくのがいちばんいいと判断した。もちろん、すぐに籍を抜いた。

郁美が屋造の家を出て、その一カ月後には、入れ替わるようにお腹の膨らみだした梢が耀司の元へやってきた。

梢は、耀司の友人の妹だ。

○

すぐに、郁美が一人で住むこの部屋に、義父が通ってくるようになった。

義父――と、郁美はまだ呼んでいたが――は梢との間に何の接点も見いだせないとこぼす。息子の身勝手さに嫌悪感を覚えるともいう。そのせいで、赤ん坊が産まれても可愛いという思いにわだかまりが混じるという。

耀司の外泊は収まったという。アルバイトじみたこともしているという。

義父は家の中で息子夫婦に接すると、気持ちが強張ってしまうのだという。

「いっそ、ここに越してきたいよ」

赤ん坊が産まれてから、なんだか家中に甘ったるい匂いがたちこめ、言葉を持たない幼子の、昼夜を問わない泣き声に支配されているようで、元彦は気が休まらないと、いつもこぼしていた。

「郁美が家を出ていく時、僕もなんだかんだとここに越してきて、第二の人生を始めちゃえばよかったな」

よく義父は言った。

「お爺ちゃんになったのに、無茶を言うのねえ」

こんな時、郁美は、義父の染めなくなって久しい白髪を撫でた。

この方が素敵だという郁美の言葉に従い、義父は白髪染めをやめていた。

前より落ち着いて見える。

そして今日も、郁美は彼の白い髪を優しく撫でる。

いつもより、念入りに、優しさを込めて……。

「お義父さま……もう、だめよ。お願い。解って」

「お願いだ。郁美……。寂しいよ。寂しいんだよ。ほんとうにひとりぼっちになってしまったみたいだ」

いつになく子供っぽい義父の戯れ言が、今日はもの悲しく感じて、聞くのが辛かった。

「もう無茶は言わないで」

「ここに来たら無茶を言いたいんだよ」

絨毯の上に横座りする郁美に膝枕で寝そべり、年甲斐もない甘え方をする義父の、その声は、震えていた。

郁美も感情が波打ちだしてしまう。

心を落ち着かせるように、彼の白い髪を、ただゆっくりと撫でた。

しばし二人とも無言でいた。

部屋の外から、ピアノの練習曲が聞こえてくる。

「あれを弾いているのは子供かね。いつになっても上達しない」

膝の上で義父が笑いながら言う。

「この建物のお向かいの、その奥にある茶色い壁の家、あそこの小学生のお嬢さんが弾いているんですよ」

「僕がここに来るようになった、この二年もの間、聴くといつもとちっている」

「まぁ、あれでも最初の頃よりは難しい曲を弾いているわ」

会話が途切れても、郁美は義父の髪を撫で続ける。長い間白髪染めをしていたせいか、頭頂部が若干薄くなりかけている。

「この白い髪……地のままの髪、私は好き。とても似合うわ。素敵よ」

指に絡むと赤ん坊のような柔らかい髪だ。

「今、十一時半だろう」

「急に、なぜ——」

壁の時計を見ると、ぴたりとその時刻だ。

「隣の家の庭で、あの犬が走り回りだしたからね。あの犬といっても、どんな犬か見たことないけどさ……。おそらくシーズみたいな小型犬だろう」

「毛の長い、ダックスフンドです。でも、なぜ時間が——あぁ」

郁美も合点がいった。いつも正午前の半時間ほど、隣人は犬を庭に放つ。

義父が、今日に限って、この部屋に刻まれている周囲の情景のひとつひとつを口に出して言うことに、郁美は胸が痛んだ。

「案外、荷物はまだ片付けていないんだね」

膝の上で義父は頭をぐるり動かして、周囲を眺めた。

その視線は、壁にかかっているウェディングドレスで止まる。

「いろいろと忙しくて。引っ越し間際に一気にしてしまうつもりです」

本当は、郁美の体を気遣って、荷物整理などは全てするからと彼に言われていたのだけれど……。

「こんな湯呑みは、その時捨てなさいよ。新しい御主人に誰が使っていたって、怪しまれるから」

義父は起きあがり、腕を伸ばして郁美の煎れた茶を飲むと、そう言った。

口調が強かった。

皮肉を言われた気はしない。

義父は寂しさから八つ当たりをして絡んでいるのがよく解る。

だけど郁美は胸が痛む。

「お義父さま……ひどい。だって――」

思わず義父の手を両手できつく握りしめた。

「お義父さまが言ったから、ああ言ったから、私、思いきってこういう選択をしたのに……。辛いわ。私、寂しいわ。もうすぐ引っ越しだという今になって会いに来て、私に意地悪を言う」

「だったら、ずっとあのままで、郁美はよかったの？　郁美だってそれじゃ駄目だと思ったから、こうして……」

○

義父が郁美の将来を心配しだしたのはここ一年ほどだろうか。

「こんな関係を、いつまで続けていても、郁美は幸せにはならないよ。耀司の、あの大馬鹿な息子の仕打ちだけでも充分にきみにはひどいことなのに……。僕がこんなふうに甘えるのは、ほんとうはいけないことなんだ」

郁美を抱き終えると、裸のまま抱き合う中で、義父は呻くように言うようになった。

「でも……子供が産まれてしまったんですもの。もう、どうしようもありません。それにお義父さまには、このお部屋を借りる時、最初に敷金から礼金、引っ越しの費用も全て出していただきました。その他にも――」

「あんないくばくかのお金、当然だ。本当ならもっといい部屋を借りてやりたかったんだが……」

「充分です」

「家賃だって毎月――」

「それでは私が駄目になってしまいます」

「まるで愛人みたいだというわけか」

「そんな意味では……。お義父さま、困らせないで」

痴話ゲンカめいた言い争いを続けてしまう。

不毛だと、互いに解っていたが、そんな時期が続いた。

それが性感を刺激して、再び濃厚な睦み合いへ繋がる時もあった。

そうして週に一度から二度は義父が部屋に通った。たまに外で会う。

しかし、やはり二人の関係は、それ以上の発展性が望めない。

会えば、義父は求めてくる。それもしだいに激しく。

郁美も、肉を練られながらしだいに感度が研ぎ澄まされていき、官能が肥大していくのを感じていた。

そういう愛撫の合間に、

「郁美……郁美……いい人がいたら、結婚しちゃいなさい。僕に遠慮はいらないよ」

義父がそんなことを囁きだすようになった。

「いやぁ。どうしてそんなこと言うのぉ」

郁美がそう拗ね、甘えて、義父から突き放される心細さから、積極的になって初老の体を口や手の愛撫で貪っていく。

それを見越しての、義父の手管だった——と、今となっては、そうだったのだと解る。たとえ言葉の半分は、本心だったとしても……。

しかし、そんな言葉を繰り返されて郁美は、心が細っていった。

フリーランスの仕事は、依頼を受ければ数週間、一人で部屋に閉じこもりがちにはなるが、仕事が広がっていけば様々な人たちと知り合える。

彼は小さな編集プロダクションを経営している。

打ち合わせの流れから食事に誘われ、三回目に会った時、ホテルに行ってしまった。

運悪く、その晩、義父が訪ねてきていた。彼は合い鍵を持っている。滅多に泊まらない義父は、その晩一人で郁美の部屋にいた。

翌朝早く帰宅した郁美を見て、何が起きたのかすぐに察した。

郁美は激しく犯された。

犯されながら、郁美も猛烈に感応して、最後は互いに貪り合うような営みになっていた。

「どうされた。ここを、何回舐められたんだ。今までその男とやった体位を、全部ここで再現してみせろ」

言われて郁美は、全てをしてみせた。

しながら、いつもの義父の言葉がやはり自分の気持ちを彼に向かせておくための手管だったのだと思った。

男の占める位置が空白の、独りでの正常位、騎上位。バックスタイルは四つんばいのまま片脚を床と水平に持ち上げ、片腕を背後に伸ばす。

「こうして……後ろから腕を引っぱられるようにして持たれて、突かれました」

郁美の告白は、しだいに虚構の色が濃くなる。興奮のあまり、過剰なことを言ってしまっていた。

自分たちの関係には発展性がない。早く他の男と幸せになりなさい。そんなふうに自分を突き放して、実は引きつけておこうという義父の言葉に素直に従ったことが悔やまれた。

涙が溢れてしまう。

泣きながら、恥ずかしい行為の数々を告白して、淫らな姿勢を一人で取り、そこにあたかも男がいるように腰を揺すっていく。

見ると、そんな彼女を凝視しながら、義父は一物をしごいていた。

○

でも……それも今日で終わる。

そういう約束だった。

会うのはもう、これっきり……。

「本当は辛いよ、郁美。だけど続けていても、どうにもならない関係だよ。僕たちは……」

義父はそう言葉を詰まらせると、突然甲高い声を張り上げて、

「郁美。郁美ぃ。好きだよ。アァ、たまらなく好きだ」

と、激しく唇を貪り、両手で乳房やスカートの中を、肉を揉み込むようにしてまさぐりながら、体を求めてくる。

今度こそと思いながら、この数週間、こんなことが繰り返されている。

今日が最後。今日が最後……。

そうして今日まで、関係を断ち切れずにきている。

「お義父さまの、その湯呑み……持っていって、家で使ってくださらないんですか」

身悶えながら、郁美は言った。

「内側に、薄く茶渋が付いている」

「ごめんなさい、洗います」

「いや、そうじゃなくてさ、使いこんであるとすぐに解る具合になってきているからさ……家で使うと、すぐに『どうしたの、これ』って訊かれるからね」

「お義父さま、私——」

郁美は身を振りほどいて、義父の手を握りしめた。両手に力を込めた。彼が義母の口まねをしたのが嫌だった。

「……何?」

よほど思い詰めた表情をしていたらしい。義父の表情も改まった。

「私だって、お義父さまとずっとこうしていたい。でも……それでは二人とも駄目になってしまうわ」

「人妻になっても、僕と不倫してくれる?」

「そんな言い方、いや」

つい、甘えるように郁美から唇を重ねた。義父にそこまで求められて、嬉しかったのだ。胸が疼いた。そんな自分が恥ずかしい。

すぐに舌を入れられて、郁美は上下の歯の表も裏も、上唇の内側にも舌先を入れられて舐められる。

「アァーンムッ」

いつしか互いに思いきり舌を伸ばし出して、口の外に押しやった舌同士をくねらせ、絡ませる。

濃厚なキスに興奮した義父に、郁美は床に押し倒された。

緩やかなギャザスカートを捲られ、ショーツの食い込む股を撫でられる。

「お義父さま」

すぐに布の脇から指先が入ってくる。

「駄目。今は……お願い、何でもするから許して」

郁美は身を起こすと、逆に義父を仰向けにして、ポロシャツの裾を捲り上げる。剝き出した彼の胸元に舌を押し当て、物凄い勢いで頭を左右に揺さぶりながら、そのまま舌をズラッと腹まですすべり下ろしていく。

その合間、唇で皮膚を吸った。唾液の音をチューッと、わざと大きくたてて、義父の劣情を煽る。

そしてズボンに手をかけて、忙しく股間を剝き出していった。

「今は……ねっ、お義父さま。何でもしてあげるから、私の体は……ねぇ」

指をしっかり絡ませるなり、しごきたてていく。

陰茎が大きく弓なりに反ってきた。

「アァ、ンヌッ」

郁美は大口を開いてむしゃぶりつくと、頭を激しく上下させる。途中、舌を突き出すと、ジュルルと唾液を吸り上げながら、舌の腹で亀頭全体を擦りあげていく。

そうしながら、目をしっかり見開いて、義父を見つめる。

「オオォッ……アッ、ンッ」

床に両脚を投げ出し、両手を背後について上半身を支えている義父は、しだいに快感に呑み込まれていく様子で、表情をゆるめ、腰を上下に細かく揺すりだす。

「ウッ……ンムッ」

ときおり腰が高く浮いたまま、股間を突き上げるようにして震えている。

「お義父さま……アァ、ンム、ウム……お義父さま……ンンンッ」

郁美もしゃぶり続けるうちに体のことも忘れて興奮を覚え、より舌の動きが卑猥に見えるように、口の外へ思いきり突きだして、これでもかと忙しくくねらせてみせる。

さらに義父の股ぐらに顔を埋め、陰嚢を口に含んだ時だった、

「郁美、お願いだ。そのウェディングドレスを一度だけ着て見せてくれないか……」

○

義父に背中を見せたままでいた。スカートを下ろし、ショーツも脱ぐ。

胸元で腕を交叉させてシャツを脱ぐと、最近とみに大きくなった乳房がぶつかる。

「ブラも取ってくれないか」

ベッドに広げたドレスに手を伸ばすと、背中に義父が声を投げつけてくる。

「……でも」

言いつつ、郁美は両手を背中に回して、ホックを外した。豊かな弾みを乳底に響かせて、双乳は奔放に飛び出した。

郁美は義父に背を見せたまま、すぐにウェディングドレスを着た。

クリーム色のドレスはロング丈で、大輪の薔薇を逆さにしたようだ。少し動かすだけで衣擦れの音が響く。

上半身は首筋から胸元にかけてのデコルテ部分が大きく開き、体のラインがあらわになっている。袖はフレンチスリーブで愛らしい。

「ベールもちゃんと被って」

言われるまま、肩まで素直に垂らした髪の上からヴェールを被り、ピンで軽く留めた。

「オオッ、綺麗だな。やっぱりいいものだ」

くるりと振り向いた郁美を見て、義父は顔をほころばせる。

「さっ……さっ、早くこっちにおいで」

郁美をベッドの端に座らせると、義父はその足元の床に跪いて、さっとドレスの裾をまくっていく。

白い、半透明のストッキングに包まれた脚を、膝から太腿へと円を描くように撫で回されていく。

「……あっ」

郁美は自然と両手を背後について、脚を広げていく。若干、股間が前に突き出た。ガサガサと布擦れの音をさせてスカートの襞を掻き分けて、義父の両手は股間部に到達する。

「なんだ、パンティストッキングだったのかい……」

不満げな声だった。

「だって……腰のあたりを冷やすと……」

「それもそうだな」

股を大きく広げると、大ぶりな形の白いショーツが透けて見える。

「ストッキングの替えは、あるんだろう」

「はい――アッ」

内腿から破かれて、裂け目から覗く素肌にむしゃぶりつかれる。

郁美の、柔らかな内腿の肉が吸われ、義父の口の中で歯を当てられる。

「ツンア……アッ、アッ」

胸元を突き上げながら、甘く喘ぎ、それに会わせて浮かせた腰を前後に振り立てる。

「ンーッ、ほら、しみてきた」

恥丘を包んでふっくら盛り上がる股布に、義父は指先でせわしく円を描いたり、あちこちを突っついたりして、性器の亀裂から溢れる愛液のしみを広げていく。

「アァアン……ん、もう」

郁美の浮かせたままの腰が、しだいに震えた。

義父はわざとショーツを脱がせない。履かせたままでいる。

布地が性器を被った状態にして、そこが興奮に合わせて汚れていったり、あるいは郁美が身悶えするにつれて布地がよじれて性器の亀裂に食い込みだして、大陰唇がはみ出てくる、そんな様子を楽しんでいる。

「ほうら、毛を剃っているからふかふかだ。いつ撫でても最高のさわり心地だな」

もう長い間の習慣になっていた。郁美はときおり恥丘部を残して、大陰唇のあたりの性毛を剃っている。可愛いと、義父も歓ぶ。

が、実は今度結婚する相手も、郁美のそうした習慣を、好ましい身だしなみと受け取ってくれていた。

「こんなにされるのは、どうだい」

大陰唇がしだいにはみ出してくると、ショーツを摑んでTの字になるように布地をぐいぐい引っ張り上げる。

「ほうら、真っ赤なビラビラが……」

「い、いやっ、もう。アァン……アッ」

よじれた布地がクリトリスを押し潰し、さらに擦りあげている。ビビッ、ビビッと軽い電気にでも当てられたような心地よい刺激が下腹部に爆ぜる。

郁美は甘えた声をあげて、下腹部を義父に預けたまま、腰をさらに浮かせていった。

○

ショーツを割れ目に食い込ませ、褌のようにしたまま、今度は乳房を弄られる。

大きく開いた胸元から、義父は乳房を救い出した。

「アァ、これが……こんなにタプタプになってきたじゃないか」

郁美の乳房は以前より二まわりほど大きくなり、張って、それでいて握られれば手の平の体温で溶けていくのではないかというほどに柔らかくなってきた。

ドレスの襟ぐりをぐっと押し下げられて、左右ともに飛び出さされてしまう。

膨らみきった乳房の先端には、嵩を増して厚ぼったくなった乳輪が、小豆色に濃く色づいている。

「まだ出てこないのだものな」

義父が唸るようにいいながら、乳首をしゃぶりあげる。さらに絞り出そうというように両手で左右の膨らみをねじり上げるようにして搾乳の小気味よさで揉み込む。

が、まだ何も出ない。

「今、何週目だっけ……」

「十七週目に、入ったばかり……」

安定期だ。裸になれば、お腹の膨らみも目立ち出す。

「そうか。そうか。この体がね……。オッパイだけでなくて、全体が具合よく肉付いてきて、肌も、美味しくなってきた」

義父は乳房全体を唾液を啜りつつ舐めしゃぶると、激しく揉みながら、首筋や肩先などにも伸ばした舌を絡みつかせてきた。

「甘い……甘いよ。肌全体からお乳の匂いが漂ってきている」

口いっぱいに二の腕の肉を頬張り、ジュルルと吸われた。肉が震えて、腋の下までジンと響く。

「ウッ！……ウゥウン」

郁美は肩をすぼめて、高い声で喘ぐ。

義父の舌がゆっくりと二の腕の内側から腋の下へ這ってきた。

ペチョ……ペトッと、湿った音をたてながら、舌先がゆっくり、最も深く落ちくぼんでいる腋の下の中央を往復する。

ぞくっと寒気がして、二の腕に鳥肌がびっしり浮かんできた。

「お、お義父さま……くすぐったい……」

郁美はハァハァと喘ぎながら、いつしかベッドの上に仰向けになっていった。幾重にも重なるドレスの裾が音をたて、ベールが顔のまわりに扇状に広がっていく。

その純白の洪水の中で、郁美は妊娠した体を快感にくねらせていく。

「火照ってきたぞ……。肌が熱い。匂いがますます濃くなってきた」

義父は卑猥なまでの舌の動きをさせて、郁美の二の腕から肘、そして腋の下を通って乳房を舐め回す。

スカートを捲り上げると、ストッキングの残骸が薄皮のようにまとわりつく脹ら脛から太腿を——再び太腿から膝、足首——そして今度は足の指を、義父は頭を振りたててしゃぶり回した。

「アウッ、アッ、アッ……アアアッ、」

仰向けの郁美は、舐められている方の脚を斜めに突き上げるように、膝立ちする義父に持ち上げられ、足先を彼の口元に持っていかれている。

義父は、郁美の足を舐めつつ、片手を伸ばしてショーツが褌《ふんどし》状に食い込んでいる陰部をまさぐってくる。

「お義父さま、指は……」

「解ってるよ。突いたりしないさ。ほら、ここでこんなに大きくなってるサネがあるからね。これを——」

義父はショーツの布地ごと突起を摘み上げ、手首から先を小刻みに震わせて震動を送る。

「ウワワァアン、アンッ」

クリトリスへの刺激に、片脚を上げた仰向けのまま、郁美は思いきりのけぞっていく。ショーツがますます食い込んできて、義父に摘み上げられているクリトリスだけが性器の亀裂の中で今にも弾け散りそうに肥大していく感じがする。

「イッちゃう。それ、イッチャウゥー」

お腹によくないと思っても、快感が駆け上がっていくのに合わせて、郁美は腰を激しく上下させてしまう——が、

「ああっ、ひどい。どうして」

義父がふいに手を離してしまった。

郁美はうつ伏せにさせられた。ハァハァと肩で荒い息をしながら従った。

幾重にも波打って重なる純白のドレスの裾を捲り上げられ、ショーツの食い込む尻を撫でられ、しゃぶられていく。

「アアン、お義父さま。お義父さまぁ」

やはり自分から四つんばいになり、尻を高々と突き上げながら、腰を大きく上下左右に回してしまう。

義父は尻にかじりついて、自らも動きながら、ついに臀裂を割って、媚肛まで舐めてきた。

「う、嬉しい、お義父さま。そこ……」

「気持ちいいのか？」

「は、はい。いい。そこ感じるんです」

一度絶頂の直前まで昇りつめた郁美は、その火照りの名残やら、性器以外への濃厚な舌撫の快感や感激が入り混じり、涙を流しながら喜悦の声をほとばしらせる。

いつもの、彼女になってしまう。

さらに、

「お義父さま。私の体、お義父さまに全てさし上げますから。これ全部、好きにしていいのよ。あぁぁん、何されてもいい。して。して」

両手でシーツを激しく摑みながら、興奮に促されるまま口走っていく。

「入れてもいいのか」

「……はい」

「今日は、いつになく勃っているんだぞ」

「……はい」

それは郁美も感じていた。何度か体位を変える際、義父の股間に体のどこかが触れると、石膏の塊にでも擦れたように、それはしっかりと固まっていた。

「もういい……お義父さま。お義父さまと繋がっていたいの。思いきり突いて欲しいの……」

郁美は背後の義父に向かって、ますます尻をうねらせていく。

「ほんとうにいいのかい？」

義父の声が、少し低まる。

「お願い。我慢できない」

郁美は激情に駆られて叫んだ。

「このところ、体を気遣って手荒なことは控えていたからな……。郁美もそろそろ欲求不満で疼いてたまらないんだろう」

「は、はい。……疼くの。もうおかしくなりそうなの」

郁美は官能に酔いしれながら、義父のことを少しでもそそりたくて、甘えた、舌足らずの言葉を吐いて腰を回し、自分から破廉恥な姿態をさらけだしていく。

「もうおかしくなりそうですぅ」

郁美は絞り出すように言葉を吐くと、下唇をきつく嚙みしめ、瞼をぎゅっと閉じた。身悶えると、ウェディングドレスのたっぷりした布地が乾いた音をたてる。

ウェディングドレスはだいぶ汗ばんで湿ってきた。

妊娠しているせいか、郁美の汗は甘ったるく匂いが濃い。

今、郁美は汗の匂いにまみれてベッドの上に、横向きになって寝そべっている。頭足を逆さにした義父が、彼女と向き合う形ですぐ隣に、やはり体の側面を下にして横向きに寝そべっていた。

郁美は、自分の顔に押しつけられている義父のペニスをしゃぶっている。顔を心もち浮かせて、すぼめた唇で陰茎をしごくようにして、盛んに抜き差ししていた。

「ヌッ、ンッ、ンッ……ウヌッ」

郁美の呻き声が低く、リズムを保って響いていた。

部屋はしだいに蒸し暑くなる。

が、郁美が体を冷やすといけないからと、冷房を微弱に設定していた。

郁美は全身から汗を噴き、胸元には汗の粒がびっしり浮かんでいて、義父のペニスをしゃぶるのに顎先を動かしていると、連動して幾粒かが膨らみきって襟ぐりから溢れでんばかりの乳房の谷間へ流れ落ちていく……。

彼女はスカートをまくられていて、妊娠中のもっと肉付きのよくなった下半身を剥きだしにしていた。

郁美の下腹部に顔を近づけている義父は、彼女の片脚に手を添えて持ち上げていた。彼女のストッキングは、ちょうど割れ目の部分が露出するように、義父の手で裂かれている。

そして剝き出された、妊娠で赤味と厚みの増した陰部には、バイブレーターが突っ込まれていた。

それはスイッチが入れられている。義父はそれに触れていない。

どぎつい色をしたその道具は、先ほどから無人の状態だ。

郁美の股から突き出たコントローラーの部分が、その先の彼女の内部に入っている部分と連動して卑猥な回転運動を続けている。

女体の肉を通して、ヴィーンという低い羽音のような唸る音が聞こえていた。

義父は、ペニスを郁美にしゃぶらせながら、その股の卑猥な光景を、食い入るように見つめているのだ。

彼は時々、指先で円柱形のコントローラーの尻をクイッと押し込む。

「アムッ、ウッ……」

郁美は尻を浮かせて、厚みのある尻の肉をたわませながら腰を揺すってしまう。

こうして見ると、郁美の体はますます妊娠の兆候を強めていた。

以前を知っている義父の目には、特に変化が解るだろう。

郁美はそれが恥ずかしかった。

肩先は丸くなり、腰や太腿、そして尻のまろやかな肉付きは見事な曲線を成している。肌の肌理《きめ》の整い方や艶も、ますます魅惑的になってきて、体全体がぼんやりと発光しているかのように美しい。

乳頭の色の濃さだけが際立っていて、よく目立つ。

「アーッ、お義父さま、お願い。動かして。これ、動かして」

郁美は夢中で腰を振る。逆にその動きで道具が抜けてしまいそうだ。

「早くっ、はやくぅ」

ズルッと、ゆっくりな動きで膣を塞いでいる圧迫が失われてゆく。

そのもどかしさに郁美は声を張り上げた。

「抜けちゃう」

「なら、郁美もおしゃぶりするんだよ。郁美が中でこうして欲しいと思う動きを、口で再現するんだ。同じようにバイブを動かしてやるから」

義父の言葉に従い、郁美は唇をすぼめると、思いきり根元まで一気に陰茎を呑み込んでいく。そしてそのまま小刻みに出し入れした。

義父も、バイブを同じに動かしてくれる。

「ウゥン、そう気持ちいい。擦って、郁美のそこ、擦って」

口走って、再び義父の一物を唇でしごく。そして舌先で傘の内側をレロッと擦る。

すると義父も道具を浅く入れ、膣の入り口付近でぐるりと回してみせる。

「ンーーーッ、ンンッ」

郁美はますます悩乱して、激しく頭を揺すりながら、口に入れている一物に、どれほど飢えているのだろうというほどはしたない動かし方をさせる舌を擦りつけ、絡ませていった。

「オオッ、いい。今日は、いつになく感じる……。郁美、上手になったな」

股の方から、義父の唸り声が聞こえてきた。

「郁美……最後のお願いだ。聞き届けてくれないか」

義父は妊婦の股の間で哀願をした。

○

「こんないやらしい女になって、郁美……おまえこれから先、一時でも男のいない生活はできなくなっただろう」

芝居がかった言葉だ。

互いの劣情をいやらしく煽る手段だと解っていて、郁美も乗せられて興奮が高まってしまう。

「違います。お義父さまじゃないと……。誰でもいいわけじゃないんです。お義父さまがいらしてくれないと、私……」

この時は、本気で言っていた。

義父が家から持ってきた、嫁いだ娘のセーラー服を、郁美は今、着せられていた。いつぞや同居していた頃、一度だけ着せられたことのあるセーラー服だ。あの時でもいくらかきつかったが、今の体ではますますサイズオーバーしている。プリーツスカートは辛うじてジッパーをあげられたが、ふくらみかけの腹ではホックがかからない。

それでもどうにか履くことができた。

郁美はその下に、義父に貰った派手な下着を穿いていた。

透ける赤い地に、金ラメの散った黒いレースの縁取りのある小さなショーツで、左右で紐でリボン結びにして、前後の身頃を繋いでいる。

通常の生活ではなかなか身につけないようなデザインだった。

「お義父さま……こんなのを……」

バイブレーターを買った店で一緒に買ったそうだ。

そんな下着を、セーラー服と一緒に身につける。しかも、そんな郁美の体は妊娠初期の兆候を示している。

セーラー服の方は前々からバストが大きくてジッパーが完全に上がらなかったが、今は腹のあたりまではだけて着るしかない。

それでもいちおう、リボンをつける。

義父の希望でそれだけは新調し、赤いものを着けた。

「セーラー服なんか着て、こんな下着をはいて、身籠もって……郁美、いつからこんな女になったんだ」

「お、お義父さまと……こうなってから」

床の上に立たせられていた。

郁美はスカートを捲られて、派手なショーツを剝き出される。

胸元は、ジッパーが上がらないために、はだけていて、はち切れんばかりに膨らんだ乳房が左右に飛び出していた。

その深い乳の谷間に、赤いセーラー服のリボンが入り込んでいる。

「スカートは邪魔だね」

郁美の足元に、紺色のプリーツスカートが輪を作る。

これを実際に、今肉欲の限りをぶつけ合っている男の実の娘が着ていたと考えると、郁美は罪悪感に苦しめられる。

それに、こんな自分が恥ずかしかった。

「ほうら……おぉ、柔らかい」

義父は感嘆の呻きを発しながら、郁美の背後に回り、Tバックに近い形のショーツから丸出しになっている尻の肉を、両手でゆっくりと、強弱をつけてこねまくってくる。

「お、お義父さま……もうやめて、恥ずかしいわ。お願いです」

さすがに妊婦でセーラー服は抵抗があった。郁美は消え入りそうな声で抵抗した。

しかし臀部の肉がこねられる、その強烈な蹂躙感には、官能を刺激される。

いつしか抵抗の言葉を、熱い吐息に消していた。

「アアッ……お義父さま……もう……アァァ」

腹が出はじめてきたので、臀部を強く刺激されると重心を崩しそうだ。郁美は自然と脚を開き、尻を背後に突き出していく。

義父の手が、後ろから股の間にも滑り込んでくる。

「うわぁっ。こんなに濡らして。セーラー服を着てるくせに、男とまぐわって腹を大きくさせて……。ほら、郁美のそんな可愛い顔を、もっと淫蕩な女にふさわしくしてやるよ」

義父が何かを持って前にまわってきた。

「ほら、唇を突き出してみなさい」

それはデパートの包装紙に包まれた小さな包みだった。

中からは口紅が出てきた。

薄化粧の郁美は使ったこともない、深紅の口紅だ。

義父の無骨な手で、それが郁美の唇を彩る。

「あぁ、すごいな」

義父は塗りながら、小さく叫んだ。

郁美は自分がみるみる汚されていくようで、心細くなる。

「見てごらん」

洋服簞笥の扉を開けられて、内鏡に姿を映された。

できない。

「ああっ、いやぁ」

妊娠に伴う体の変化にも気持ちが揺れる郁美だ。

その体に、今の状況とは逆のイメージのセーラー服と、淫らがましい下着、そして口紅……。自分でないような、自分がとんでもない女になってしまったようで、正視できない。

「許してお義父さま……」

「こんな郁美に興奮するんだよ。僕は」

上ずった声を漏らしながら、背後から密着してきた義父に全身を撫で回される。

うなじには、彼の熱い息と舌が這い回っている。

郁美は甘く喘ぎながら、自分の片手を嚙んだ。

「お義父さま。私、怖い。こんなふうになってしまって……。アァ、もう、結婚もしないで、お義父さまのそばでひっそりと子供を育てて、生きていきたいんです。……アァァ」

そんな自分を一瞬想像した。

その刹那、郁美は激しく興奮して、今義父に揉み込まれている体に、ぞくりと刺激が貫いた。

「お義父さま……お義父さま……アァッ、もっと、して私のこと、ずっと抱いて。アアァッ」

「駄目だよ、郁美。結婚するんだ。人妻になるんだ。人妻になったおまえを、『奥さん』と呼んで、抱いてやるから」

義父も、かなり高ぶってきた。手つきも荒々しい。

「入れて、ねぇ、これ欲しいの」

郁美は甘く絶叫して、後ろ手のまま、義父の股間をまさぐる。

「アァ、突いて。突いて。ここ」

両手が自由になって郁美は床に四つんばいになって、尻を突き出した。

「そろそろ普通にしても大丈夫かな……」

背後で、服を脱ぐ音や気配がする。

「いいのよ。うんとして。ねぇ、お義父さま早くぅ」

「いつになく、今日は元気がいいぞ」

確かに、膣穴にそれが押し触れた瞬間、ハッと息を呑むような固さを感じた。

グゥーッと押し入ってくる。心なしか雁もいつもより広がっている気がする。

セーラー服姿が、義父を刺激したか……。

「アアッ……」

郁美は尻だけを突き上げたうつ伏せの姿勢で、肘を曲げた両腕をますますおおきくはってきた乳房の下に敷いた姿勢でいた。

片方の頬を床に押しつけた顔を、その瞬間、ぐしゃりと歪めた。

「ォォッ、たまらない。郁美、解るか……孕らんでいるから、中がすごく厚ぼったくなって、とろけそうなんだよ。……いい体だ」

内腿に、冷たい陰嚢が打ち当たっている。義父の喘ぐ声に合わせて、互いの肌が打ち当たる音がしだいに大きく響く。

「あっ、お義父さま……気持ちいい。終わらないで。これ、ずっとしてて」

郁美もまた、以前とは違う感じを持っていた。体が変わったのか、それとも、お腹に自分とは違うもう一人がいるという意識が興奮を誘うのか……。

「アンッ、アンッ、ハッ、ウウウッ、たまらない。やめないでお願いお義父さま、突き続けてて……」

ふと見ると、洋服ダンスの扉が開いたままだ。内側の鏡がこちらに向いている。

そこに、郁美は、初老の体に貫かれている自分を見た。

毒々しいほど赤い口紅は口角のところで滲み、快感に呆けた表情をさらに卑猥なものに見せている。

突き上げた尻に股間を打ちつけている全裸の義父は、初めて会った頃よりも、腹のまわりが太くなり、肩や胸元、二の腕などの上半身は、逆に肉が薄くなった。

確実に老いが、義父の体に変化を与えていた。

それでも腰使いは貪欲で、力強い。

勃起力にはムラがあったが、今日のように勃ちのいい時は、疲れを知らずに突いてくれる。

ときおり回転させたり、深く繋がったまま腰を揺すって膣の中に振動を送ったりと、その動きは様々だった。

関係も二年以上になり、互いに体が馴染んでもきている。

「アアッ、いいっ。イッちゃう。お義父さま……イッチャウ」

上半身のセーラー服の裾から膨らんだ腹を出して、犬のような格好で熟しすぎた体の男に突かれている。

そんな自分の姿を見て、郁美は気の遠くなるほどの興奮に襲われる。

「イクイクイク。お、お義父さま……ずっと、ずっと私としてて」

「一緒に。……もう少しだから……ちょっと待ってくれ。もう少しだから……。オッ」

最後にひときわ大きく、義父は腰をひとふりして突き入れると、郁美の背にかじりついて、尻から太腿を震わせていた。

○

「……出た」
義父が息を吐きながら唸る。
「いっぱい出てしまったよ」
その声は虚脱していた。
ただ射精後の虚無感だけではない。
もう義父は、二度と郁美の体に放つことは、これでなくなった。
今日こそ、最後の日——
郁美は結婚する。
約束だった。
目を閉じる。
周囲は暗かった。

もう夕方になっていく。

窓の外には雨の音が聞こえる。

二人は薄闇の中で、いつまでも抱き合ったままでいた。

郁美のお腹が大きいので、横向きにごろりと転がる。それでいて湾曲する腰のラインの女らしさの極みが素晴らしい。

交叉する脚に、義父の脚が絡む。

上になっている肩に、義父の手が乗せられ、規則的に、優しく撫でられ続けている。

「一雨、夕立が来るかな？」

ふと、義父が言う。

濃くなる夕闇の中で、郁美の丸い腹は沈んだ鉛色に発光している。

「夕立？」

鸚鵡《おうむ》返しに聞き返す郁美は、しかし他のことを考えていた。

「ひどい降りになったら、少し休ませてもらうよ」

義父は帰りたくなさそうだ。

郁美は、結婚してから新しく住む住所を、まだ義父に教えていなかった。

ふと、横たわる自分たちの周囲に、セーラー服や、派手な下着が散乱していることに気づく。

郁美は起き上がると、それを拾い集め、ゆっくりと、丁寧に畳んでいく。

まさに脱皮した後の、用のすんだ虫の薄皮みたいだ。

ふと、カチン、と胸の中で何かの衝撃が起きた。

下着を畳む郁美の手が止まる。

終わった、と感じる。

義父を見る。

「お義父さま？」

「んっ？」

薄暗い中にあぐら座りしている。逆光になって、むっくりと厚ぼったいシルエットとしてしか見えない。

「……いえ」

窓の外が光った。

「これは一雨来るな」

義父は嬉しそうだった。

雨が降れば、その間、ここにいられるからだろう。

そんな子供じみた未練が愛おしく感じられて、郁美は彼の傍らに行くと、両腕でその体を抱いた。

膨れた腹が、抱き合う邪魔をしている。

郁美はそっと苦笑した。

それから、

「長い間、どうもありがとうございました」

返事はなかった。

義父が何かをじっと堪えている気配がした。

「そんな——改まって」

ようやく吐きだした言葉は、掠れて途切れていた。

泣きだしそうなのを、堪えているのだろうか。

郁美は驚いた。男というものの可愛らしさを改めて知る思いがした。

義父は急いで咳払いをする。

郁美は片手を義父の頰に当て、自分の方を向かせると、顔を寄せていく。

唇を重ねた。

舌は、出さない。

ただ、そのまま、じっとしていた。

義父の体が震えてくる。今にも激しく抱きすくめられそうだった。

「雨は、降らないようよ」

ふと義父から離れる。

窓の外は明るくなっていた。

夏が近い夕暮れは、まだまだ明るい。

「陽のあるうちにお帰りになるといいわ」

郁美は義父を促す。

義父は静かに従って服を着る。

「これ」

義父がこの部屋で使っていた湯呑みを手渡す。

「きみが持っていてくれ。割って捨ててもいいから」

郁美は頷いた。

「じゃあ、本当に長いことありがとう」

義父は玄関で靴を履くと、改まった。と思うと、いきなり郁美を激しく抱きすくめる。

「幸せになるんだよ。僕の義娘でいてくれ、本当にありがとう」

玄関のドアを閉めながら、ずいぶん長い間見続けてきたように思える男の背を見送った。

一人になった部屋に、夏の光が差し込んでいた。

義父だった男への愛しさが募ってくる。

しかし、その男がもう二度と自分の前に現れなくてもいい。

ただ彼への愛しさだけがくっきりと胸の中にあった。

それでいい。

義父と激しく戯れた日々を持てたことは、きっと女として幸福なのだろう。

郁美は夏の気配のする夕暮れの中、そう思いながら膨れた腹を撫でた。

◎本作品はフィクションであり、文中に登場する個人名や団体名は実在のものとは一切関係ありません。

文庫 二見

義《ぎ》父《ふ》と嫁《よめ》…

著者　小《こ》玉《だま》二《ふ》三《み》

発行所　株式会社 二見書房
東京都千代田区三崎町2-18-11
電話 03(3515)2311［営業］
03(3515)2314［編集］
振替 00170-4-2639

印刷　株式会社 堀内印刷所
製本　合資会社 村上製本所

落丁・乱丁本はお取り替えいたします。
定価は、カバーに表示してあります。

ISBN978-4-576-09062-7
http://www.futami.co.jp/

二見文庫の既刊本

アトリエの女

KODAMA,Fumi
小玉二三

小劇団の看板女優である茜は、ある日、スーパーで声をかけられ、視力の衰えによって美大の教授職を退いた彫刻界の巨匠・沢地のアトリエに連れて行かれる。彼はモデルとなる女性を捜していたのだ。早速モデルとして沢地の前に立つ彼女だったが、沢地は「独自の制作方法」の持ち主だった……。最も注目される新人女流作家の書き下ろし！

二見文庫の既刊本

よろめき…

KODAMA,Fumi

小玉二三

57歳で亡くなった旧友・恩田の告別式に出席した糸川は、年の離れた後妻・加世美の美しさに目を奪われる。「形見分け」を機に接近していく二人だが、恩田が彼女の家で目にしたものは？――若い未亡人の奥に秘められた欲望を描く「ぬば玉を抱く女」他、人妻たちの揺れる心と「女」の部分を官能色豊かに描き出した、今話題の女流作家による傑作短編集！